한손에 쏙
공룡백과

HR기획 글 최광섭 외 그림

2025년 03월 15일 1판 1쇄 **펴냄**
2025년 03월 10일 1판 1쇄 **인쇄**

펴낸곳 (주)효리원
펴낸이 윤종근
글쓴이 HR기획 · **그린이** 최광섭 외
등록 1990년 12월 20일 · **번호** 2-1108
우편 번호 03147
주소 서울시 종로구 삼일대로 457, 406호
전화 02)3675-5222 · **팩스** 02)765-5222

ⓒ 2025, (주)효리원

잘못 만들어진 책은 구입하신 서점에서 바꾸어 드립니다.
ISBN 978-89-281-0814-5 74810

이메일 hyoreewon@hyoreewon.com
홈페이지 www.hyoreewon.com

차례

머리말 5

공룡이란 무엇인가요? 10

육식 공룡

사나운 공룡

갈리미무스 14

기가노토사우루스 16

데이노니쿠스 18

드로마에오사우루스 20

딜로포사우루스 22

메갈로사우루스 24

메갑노사우루스 26

미크로랍토르 28

벨로키랍토르 30

스트루티오미무스 32

스피노사우루스 34

아크로칸토사우루스 36

알로사우루스 38

알베르토사우루스 40

에오랍토르 42

오르니토미무스 44

오르니톨레스테스 46

오비랍토르 48

유타랍토르 50

머리말

쿵쾅쿵쾅! 크아앙! 커다란 몸집과 무시무시한 힘으로 지구를 지배했던 동물, 공룡!

『한 손에 쏙 공룡 백과』는 생동감 넘치는 공룡 그림과 간결한 설명으로 공룡의 특징과 생태를 자연스럽게 전해 줍니다.

공룡마다 전체적인 특징과 부분 특징을 나누어 수록하여 지루하지 않으며, 책장 밖으로 튀어나올 듯 생생한 공룡 그림이 끝없는 상상의 세계를 선사합니다.

어서 책장을 넘겨 보세요. 1억 6000만 년 동안 지구를 지배한 공룡이 여러분을 기다리고 있습니다.

카르노타우루스 —— 52

카우딥테릭스 —— 54

케라토사우루스 —— 56

코엘로피시스 —— 58

콤프소그나투스 —— 60

크리올로포사우루스 —— 62

타르보사우루스 —— 64

테리지노사우루스 —— 66

트루돈 —— 68

티라노사우루스 —— 70

펠레카니미무스 —— 72

헤레라사우루스 —— 74

육식 공룡의 공격 무기는 무엇일까요? 76

초식 공룡

목 긴 공룡

디크레오사우루스 —— 80

디플로도쿠스 —— 82

루펜고사우루스 —— 84

리오자사우루스 —— 86

마멘키사우루스 —— 88

마소스폰딜루스 —— 90

부경고사우루스 —— 92

불카노돈 —— 94

브라키오사우루스 —— 96

살타사우루스 —— 98

세이스모사우루스 —— 100

슈노사우루스 —— 102

아마르가사우루스 —— 104
아파토사우루스 —— 106
알라모사우루스 —— 108
에우헬로푸스 —— 110
오메이사우루스 —— 112
카마라사우루스 —— 114
케티오사우루스 —— 116
플라테오사우루스 —— 118

공룡에 대한 궁금증을 풀어요 —— 120

새 다리 공룡

드리오사우루스 —— 122
람베오사우루스 —— 124
레소토사우루스 —— 126
마이아사우라 —— 128
사우롤로푸스 —— 130
산퉁고사우루스 —— 132
에드몬토사우루스 —— 134
오로드로메우스 —— 136
오우라노사우루스 —— 138
이구아노돈 —— 140
친타오사우루스 —— 142
캄프토사우루스 —— 144
코리토사우루스 —— 146
테논토사우루스 —— 148
파라사우롤로푸스 —— 150
헤테로돈토사우루스 —— 152
히파크로사우루스 —— 154
힙실로포돈 —— 156

우리나라에도 공룡이 살았어요? 158

뿔 난 공룡

모노클로니우스 — 160
미크로케라톱스 — 162
센트로사우루스 — 164
스테고케라스 — 166
스티라코사우루스 — 168
카스모사우루스 — 170
토로사우루스 — 172
트리케라톱스 — 174
파키리노사우루스 — 176
파키케팔로사우루스 — 178
펜타케라톱스 — 180
프로토케라톱스 — 182

초식 공룡의 방어 무기는 무엇일까요? 184

뼈 판 솟은 공룡

스켈리도사우루스 — 186
스테고사우루스 — 188
켄트로사우루스 — 190
투오지앙고사우루스 — 192
휴양고사우루스 — 194

뼈로 감싼 공룡

사우로펠타 — 196
안킬로사우루스 — 198
에드몬토니아 — 200
유오플로케팔루스 — 202
피나코사우루스 — 204

공룡은 왜 사라졌을까요? 206

공룡이란 무엇인가요?

'공룡'이란 '무서운 도마뱀'이라는 뜻이에요. 영국의 리처드 오언이 붙인 이름이지요. 공룡은 1억 6000만 년 동안이나 지구를 지배했던 무시무시한 동물이에요.

공룡은 땅 위에서 살았던 파충류예요

공룡은 땅 위에서만 살았어요. 척추와 네 다리가 있었고, 눈구멍 뒤에는 위아래로 구멍이 두 쌍 더 있었어요. 악어와 같은 파충류로 알을 낳았고, 온몸은 물에 젖지 않는 비늘로 덮여 있었어요. 현재 살아 있는 동물 중에서 악어나 새에 가장 가까웠어요.

눈구멍 뒤에 구멍이 두 쌍 더 있어요.
눈구멍

다리가 몸통 아래에 붙어 있어요

악어 같은 파충류는 다리가 몸통 옆에 붙어 있어요. 그래서 몸이 커질 수도 없고 빨리 움직일 수도 없지요. 하지만 공룡은 발이 몸통 아래에 붙어 있어서 똑바로 서서 걸을 수 있었어요. 덕분에 몸집도 점점 커지고, 재빨리 움직일 수도 있었어요.

악어는 반쯤 기어 가는 자세로 걸어요.

도마뱀은 기어가는 자세로 걸어요.

공룡은 똑바로 서서 걸었어요.

중생대에만 살았어요

지구의 역사를 지질 시대로 구분하면 선캄브리아기, 고생대, 중생대, 신생대로 나눌 수 있어요. 우리가 살고 있는 지금은 신생대예요. 공룡은 중생대에 살았는데, 2억 3000만 년 전부터 6500만 년 전까지, 약 1억 6000만 년 이상 지구를 지배했어요.

선캄브리아기		고생대	중생대	신생대
지구의 탄생 46억 년 전		5억 4000만 년 전	2억 4500만 년 전	6500만 년 전 / 현세

육식 공룡

크아앙~! 쿵쿵쿵!

두 발로 걸었으며, 짧은 앞발,
날카로운 이빨과 발톱으로 다른
공룡이나 동물들을 잡아 먹었던
사나운 육식 공룡! 지금부터
동물 사냥꾼 육식 공룡의
세계로 출발~!

육식-사나운 공룡

닭을 닮았다
갈리미무스
Gallimimus

— 시력 좋은 커다란 눈

— 새처럼 작은 머리

부리처럼
생긴 입

뒷다리에 비해
가늘고 짧은 앞다리

가장 빠른 공룡 중 하나예요. 뒷다리의 정강이가 허벅지보다 길고 튼튼해서 티라노사우루스처럼 무시무시한 육식 공룡이 나타나면 전속력으로 달아날 수 있었어요. 나무 열매나 도마뱀, 곤충 등을 먹었어요.

몸의 균형을 잡아 주는 꼬리

잡식		
	살던곳	몽골
	시 대	백악기 말기
	몸길이	6미터
	몸무게	110~400킬로그램

거대한 남쪽 도마뱀
기가노토사우루스
Giganotosaurus

육식 공룡 중에서 **가장 큰 공룡**이에요. 티라노사우루스보다 키가 크고 몸길이도 길었지만, 티라노사우루스보다 날씬했어요. 몸무게가 사람 125명을 합친 것과 같았을 정도로 어마어마했어요.

돌기가 있는
큰 머리

가장자리가 톱니 모양이어서 먹이를 쉽게 자를 수 있는 날카롭고 긴 이빨

짧은 앞발과
날카로운 발톱

육식		
	살던곳	아르헨티나
	시 대	백악기 말기
	몸길이	14미터
	몸무게	8톤

육식 - 사나운 공룡

무시무시한 발톱
데이노니쿠스
Deinonychus

크고 무거운 **뇌**,
단단한 **턱**, 톱니처럼
생긴 날카로운 **이빨**

새를 닮은 외모와
가볍고 민첩한 **몸**

사냥감의 가죽을
쉽게 찢을 수 있는
낫처럼 생긴 **발톱**

뒷발에 낫처럼 생긴 무서운 발톱이 있었어요. 평소에는 땅에 닿지 않도록 높이 들고 다녔지만, 적과 싸울 때는 용수철처럼 휙 튀어나와 상대방에게 치명적인 상처를 입혔어요. 뇌가 다른 공룡보다 훨씬 크고 무거워서 아주 영리한 공룡이었어요.

육식		
	살던 곳	미국
	시 대	백악기 초기
	몸길이	2.5~4미터
	몸무게	75킬로그램

―― 재빨리 달릴 수 있는 튼튼한 뒷다리

육식-사나운 공룡

달리는 도마뱀
드로마에오사우루스
Dromaeosaurus

몸집은 작지만 뇌가 커서 영리했어요. 낫처럼 생긴 무시무시한 발톱이 있어서 데이노니쿠스처럼 여러 마리가 함께 힘을 합쳐 자신보다 훨씬 큰 공룡도 잡아먹었어요.

달리다가 갑자기 방향을
바꾸어도 균형을 잃지 않게
도와주는 쭉 뻗은 꼬리

육식	살던곳	미국, 캐나다
	시 대	백악기 말기
	몸길이	1.8미터
	몸무게	15킬로그램

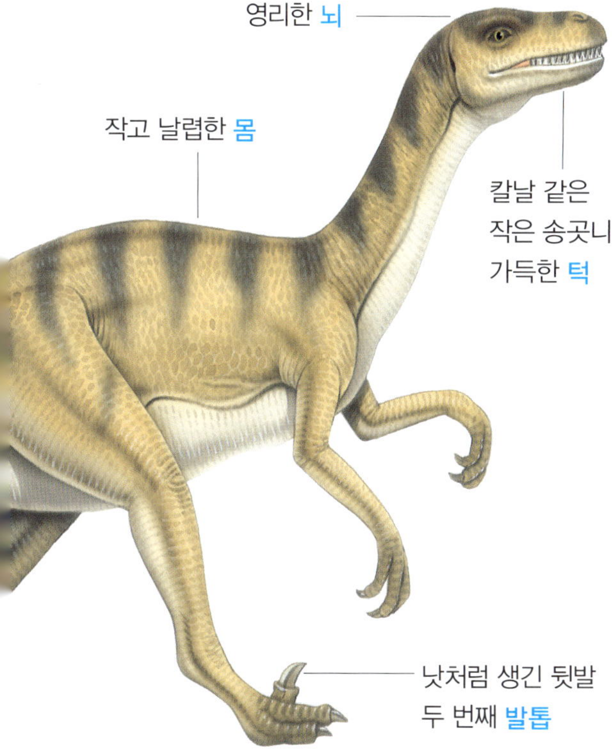

영리한 뇌

작고 날렵한 몸

칼날 같은 작은 송곳니가 가득한 턱

낫처럼 생긴 뒷발 두 번째 발톱

육식-사나운 공룡

벼이 두 개 있는 도마뱀
딜로포사우루스
Dilophosaurus

몸이 컸지만 유연했어요. 두 발로 걸었는데, 발목이 땅에서 좀 떨어져 있어서 발끝으로 걸었어요. 하지만 아주 빨리 달릴 수 있었어요. 사냥을 할 때는 주로 날카로운 발톱을 사용했어요. 이빨은 날카롭지만 가늘어서 물어뜯는 힘은 약했어요.

살던곳	미국
시 대	쥐라기 초기
몸길이	6미터
몸무게	300~450킬로그램

육식

반달 모양으로 솟은 두 개의 볏

날카롭지만 가늘어 힘이 약한 이빨

빨리 달릴 수 있는 가벼운 몸

긴 발톱

육식 - 사나운 공룡

거대한 도마뱀
메갈로사우루스
Megalosaurus

공룡 중에서 가장 먼저 이름을 가진 공룡. 처음 이 공룡의 뼈를 발견했을 때 거대한 육식 도마뱀이라고 생각했어요.

사냥할 때 먹잇감에 휘둘렀던 꼬리

육식
- 살던곳: 영국, 프랑스, 포르투갈
- 시 대: 쥐라기 중기~말기
- 몸길이: 9미터
- 몸무게: 1~1.5톤

머리뼈에 빈 공간이 있어서 가벼웠던 머리

사냥하기 좋은 짧은 앞다리와 발톱

크고 튼튼한 뒷다리

성질이 사납고 몸의 구조가 사냥하기에 알맞아 자신보다 훨씬 큰 초식 공룡도 쉽게 잡아먹었어요.

육식-사나운 공룡

붙어 있는 발목
메갑노사우루스
Megapnosaurus

키가 0.5~1미터 정도밖에 되지 않은 작은 공룡. 몸매는 포유류와 비슷하고 뒷발가락은 새와 비슷하게 생겼어요.

몸이 작고 날렵해서 재빨리 움직일 수 있었어요. 곤충이나 도마뱀 등을 잡아먹었어요.

육식		
살던곳	짐바브웨, 미국
시 대	쥐라기 초기
몸길이	3미터
몸무게	30킬로그램

※메갑노사우루스는 이전에 신타르수스로 불렸어요. 하지만 신타르수스라는 학명이 풍뎅이에 이미 사용되고 있어서, 지금은 메갑노사우루스로 이름이 바뀌었어요.

긴 목

새 부리처럼 긴 주둥이

작고 가벼운 몸

오래 달려도 끄떡없도록 붙어 있는 발목뼈

육식 - 사나운 공룡

작은 약탈자
미크로랍토르
Microraptor

지금까지 발견된 공룡 중에서 **몸집이 가장 작은 공룡**. 네 다리에 날개가 달려 있었어요.

새처럼 나는 기능은 없었던 깃털로 덮인 **날개**

살던곳	한국, 중국
시 대	백악기 초기
몸길이	80센티미터
몸무게	1킬로그램

육식

깃털로 덮인 날개로 나무와 나무 사이를, 높은 곳에서 낮은 곳으로, 또는 낮은 곳에서 높은 곳으로 점프하듯 날아다녔어요. 우리나라에서도 살았어요.

———— 체온 유지 기능을 한
온몸의 깃털

육식-사나운 공룡

날쌘 도둑
벨로키랍토르
Velociraptor

무척 빨리 달릴 수 있는 날쌘 사냥꾼. 몸이 민첩하고 영리해서 무리를 지어 사냥을 했어요. 뒷발 두 번째의 갈고리 발톱은 무시무시한 무기였어요.

악어처럼 생긴 길쭉한 머리와 납작한 주둥이

반달 모양 뼈
반달 모양의 앞발 목뼈는 상하좌우로 움직였어요.

육식		
살던곳	한국, 중국, 몽골, 러시아	
시 대	백악기 말기	
몸길이	1.5~2미터	
몸무게	15킬로그램	

높이 뛰어오를 때 몸의 균형을 잡아 주는 꼬리

민첩한 몸

길고 튼튼해 높이 뛰어오를 수 있는 뒷다리

육식 — 사나운 공룡

타조를 닮았다
스트루티오미무스
Struthiomimus

긴 뒷다리와 가벼운 몸 덕분에 타조처럼 빨리 달릴 수 있었어요. 무서운 육식 공룡이 나타나면 큰 눈으로 재빨리 알아채고는 휙 도망을 쳤어요.

작은 도마뱀, 곤충, 나뭇잎, 열매 등을 먹었고 무리를 지어 살았어요.

잡식
- 살던곳: 캐나다
- 시대: 백악기 말기
- 몸길이: 3~4미터
- 몸무게: 250~300킬로그램

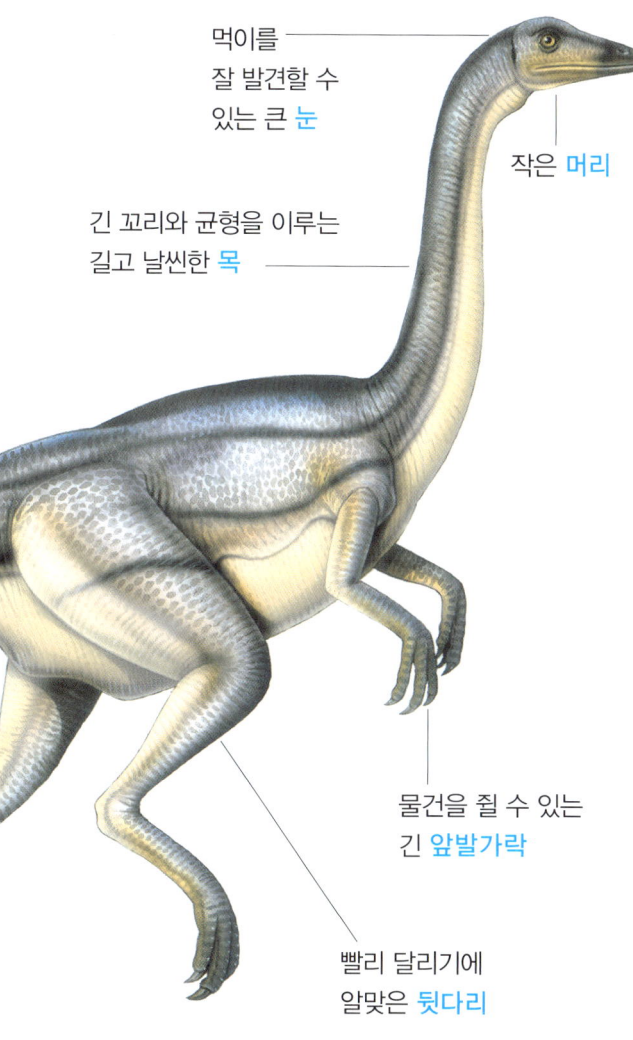

육식 — 사나운 공룡

가시 도마뱀
스피노사우루스
Spinosaurus

등에 부챗살 같은 뼈가 솟아 있었어요. 날씨가 덥거나 추울 때 이 뼈로 몸의 온도를 조절했어요. 초식 공룡을 잡아먹기도 했지만, 물가나 늪지대에 살면서 물고기도 잡아먹었어요.

튼튼한 뒷다리

살던곳	이집트, 모로코
시 대	백악기 초기~후기
몸길이	12~17미터
몸무게	6~7톤

육식

물고기를 잡기에 알맞은
길쭉한 머리와 뾰족한 이빨

높이가 2미터나
되는 돛 모양의 뼈

사냥하기 좋은 짧은
앞발과 갈고리 발톱

육식 - 사나운 공룡

등뼈가 튀어나온 도마뱀
아크로칸토사우루스
Acrocanthosaurus

목에서 꼬리까지 돌기가 솟아 있었어요. 자신보다 큰 초식 공룡도 잡아 먹었을 정도로 **무시무시한 공룡**이에요. 뿐만 아니라 썩은 고기도 먹어치웠답니다.

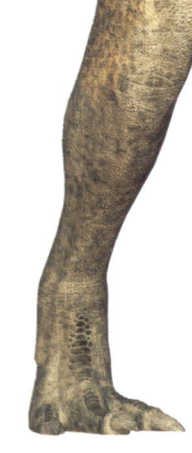

육식
살던곳	미국
시 대	백악기 초기
몸길이	9~12미터
몸무게	2톤

목과 꼬리의 강한 근육을
지탱해 주는 돌기

휘어진
발톱

튼튼한 턱과
톱니 같은 이빨

육식—사나운 공룡

특별한 도마뱀
알로사우루스
Allosaurus

성질이 아주 사나워서 몸집이 자기보다 훨씬 큰 초식 공룡은 물론, 다른 육식 공룡도 잡아먹었어요. 아래턱을 크게 벌릴 수 있어서 큰 고깃덩어리도 꿀꺽 삼킬 수 있었어요.

균형을 잡아 주는 단단한 꼬리

육식
- 살던곳: 미국
- 시 대: 쥐라기 말기
- 몸길이: 9~10미터
- 몸무게: 3톤

눈을 보호해 주는
크고 뾰족한 돌기

크게 벌어지는 아래턱

먹잇감을 움켜쥐기에
알맞은 날카로운 발톱

시속 30킬로미터로 달릴 수 있는
강한 근육의 뒷발가락

앨버타의 도마뱀
알베르토사우루스
Albertosaurus

티라노사우루스보다 작고 날쌘했지만 물어뜯는 힘이 대단했던 무서운 육식 공룡. 특이

먹잇감을 후려치는
단단한 꼬리

빨리 달릴 수 있는
길고 날씬한 뒷다리

육식
- 살던곳: 캐나다
- 시 대: 백악기 말기
- 몸길이: 8미터
- 몸무게: 1.8~2.5톤

하게도 갈비뼈가 다른 공룡보다 하나 더 많았어요. 갈비뼈는 알베르토사우루스가 누웠을 때 엄청난 몸무게 때문에 내장이 터지지 않도록 보호해 주었어요.

큰 머리

작은 톱니가 있는
커다란 이빨

두 개의 앞발가락

육식─사나운 공룡

새벽 도둑
에오랍토르
Eoraptor

길이가 12센티미터밖에 안 되는 작은 머리

먹이를 쉽게 자를 수 있는 날카로운 이빨

발가락이 다섯 개 있었는데, 그중 다섯 번째 발가락은 아주 작았던 앞발

몸집이 작고 날렵했던 가장 초기의 공룡. 두 다리로 걸었는데, 뒷다리가 길고 재빨랐어요. 작지만 아주 사나운 공룡으로 작은 곤충이나 도마뱀 등을 잡아먹었어요.

몸의 균형을 잡아 주는 긴 꼬리

몸에 비해 긴 뒷다리

육식
살던곳	아르헨티나
시 대	트라이아스기 말기
몸길이	1미터
몸무게	10킬로그램

육식-사나운 공룡

새와 닮았다
오르니토미무스
Ornithomimus

뻣뻣하고 긴 꼬리

겉모습이 마치 타조처럼 생긴 공룡. 머리가 작고, 목과 다리가 길며, 몸이 날렵해서 빨리 달릴 수 있었어요. 물가나 숲속에 살면서 다른 공룡의 알이나 곤충, 조개, 열매, 나뭇잎 등을 먹고 살았어요.

잡식	
살던곳	티베트, 미국, 캐나다
시 대	백악기 말기
몸길이	3~4미터
몸무게	130킬로그램

머리는 작지만 영리했던 뇌

크고 시력이 좋았던 눈

뒷다리에 비해 작지만 발가락이 길어서 물건을 쥘 수 있는 앞다리

빨리 달릴 수 있는 긴 뒷다리

육식—사나운 공룡

새 도둑
오르니톨레스테스
Ornitholestes

— 균형을 잡아 주는 꼬리

재빨리 움직일 수 있었기 때문에 사냥을 아주 잘했어요. 도마뱀이나 곤충을 비롯하여 초식 공룡도 사냥했답니다. 새를 잡아 먹었을 것이라고 생각해서 '새 도둑'이라고 이름을 붙였지만, 아직 확실한 증거는 없어요.

육식
- 살던곳: 미국
- 시대: 쥐라기 말기
- 몸길이: 1~2미터
- 몸무게: 11킬로그램

작은 머리

코 위에 있는 작은 뿔

먹잇감을 움켜쥘 수 있는 세 개의 긴 앞발가락

빨리 달리는 데 적합한 가벼운 뒷다리

육식—사나운 공룡

알 도둑
오비랍토르
Oviraptor

맨 처음 오비랍토르의 화석이 발견되었을 때 알과 함께 있었기 때문에 알 도둑이라고 이름을 붙였어요. 하지만 나중에 오비랍토르가 알을 품고 있는 화석이 발견되어 새처럼 둥지를 틀고 새끼를 돌본 공룡으로 밝혀졌어요.

잡식	
살던 곳	중국, 몽골
시 대	백악기 말기
몸길이	2미터
몸무게	20~36킬로그램

뼈로 된 둥근 **벗**

새 부리처럼 생기고, 이빨 대신 작은 돌기만 있는 **주둥이**

물건을 움켜쥘 수 있는 긴 **발가락**

아주 훌륭한 무기였던 날카로운 **발톱**

빨리 달릴 수 있는 튼튼한 **뒷다리**

유타의 도둑
유타랍토르
Utahraptor

성질이 무척 사납고, 움직임이 날렵했으며, 영리했어요. 그래서 여러 마리가 힘을 합쳐 자신들보다 몸집이 큰 초식 공룡을 사냥했어요. 겉모습이나 습성이 벨로키랍토르, 또는 데이노니쿠스와 비슷했지만, 몸집은 두 배나 더 컸어요.

살던곳	미국
시 대	백악기 초기
몸길이	6~7미터
몸무게	0.8~1톤

육식

저녁에도 사냥할 수 있는 커다란 눈

날카로운 이빨

물건을 움켜쥘 수도 있었던 세 개의 앞발가락과 날카로운 발톱

빨리 달릴 뿐만 아니라 높이 뛰어오를 수도 있었던 뒷다리

길이가 30센티미터가 넘는 뒷발 두 번째 발가락에 있는 갈고리 같은 발톱

육식—사나운 공룡

고기를 먹는 황소
카르노타우루스
Carnotaurus

눈 위에 큰 뿔이 있어서 마치 황소처럼 보여요. 특히 머리에 난 뿔과 등과 옆구리에 난 돌기 때문에 무시무시해 보이지만, 턱뼈가 약해서 큰 동물을 사냥하지는 못했어요.

육식

살던곳	아르헨티나
시 대	백악기 말기
몸길이	7.6미터
몸무게	1톤

무기로 쓰이지는 못한 **뿔**

앞과 옆을 다 볼 수 있는 **눈**

작고 뭉툭해서 별로 쓸모가 없는 **앞발**

무거운 몸무게를 지탱해 주는 커다란 **뒷발가락**

육식 – 사나운 공룡

꼬리 깃털
카우딥테릭스
Caudipteryx

새와 비슷하게 생겼지만, 새처럼 완벽하게 훨훨 날지는 못했어요. 온몸에 깃털이 있었는데, 특별히 꼬리에 긴 깃털이 있었어요. 몸에 난 깃털은 몸을 따뜻하게 해 주거나 암컷을 유혹할 때, 또는 적을 위협하는 데 쓰였어요.

부채처럼 생긴 꼬리
깃털

잡식
살던 곳	중국
시 대	백악기 초기
몸길이	60~70센티미터
몸무게	2.5킬로그램

육식-사나운 공룡

뿔이 있는 도마뱀
케라토사우루스
Ceratosaurus

케라토사우루스는 머리에 뿔이 있어서 다른 육식 공룡보다 머리가 무거웠어요. 날카로운 이빨과 튼튼한 다리를 이용해서 작은 공룡이나 파충류 등을 사냥했어요.

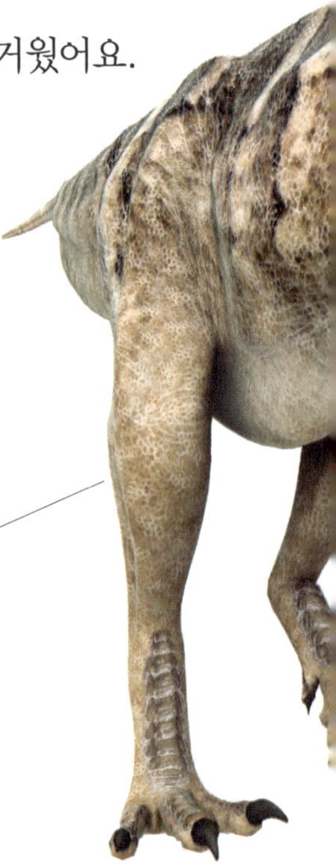

짧은 거리를 빨리
달릴 수 있는
튼튼한 뒷다리

코 위와 이마에
난 작은 **뿔**

강한 턱과
날카롭고
큰 **이빨**

먹이를 잡거나
무기로 사용한
갈고리 같은 **앞발톱**

육식		
살던곳	미국, 탄자니아	
시 대	쥐라기 말기	
몸길이	4.5~6미터	
몸무게	0.5~1톤	

육식–사나운 공룡

뼈 속이 비어 있다
코엘로피시스
Coelophysis

뼈가 얇고 속이 비어서 가볍고 민첩했어요.
도마뱀이나 작은 파충류를 주로 사냥했어

몸의 균형을
잡아 주는 긴 꼬리

길고 튼튼해서 빨리
달릴 수 있는 뒷다리

요. 여럿이 힘을 합쳐 큰 공룡도 잡아먹었을 뿐 아니라 동족의 새끼까지 잡아먹는 잔인한 공룡이었어요.

길고 유연한 목

뒤로 휘어진 날카로운 이빨이 많이 나 있는 길고 좁은 턱

먹이를 꽉 잡을 수 있게 휘어진 발톱

육식
- 살던곳: 미국
- 시대: 트라이아스기 말기
- 몸길이: 2~3미터
- 몸무게: 15~30킬로그램

육식–사나운 공룡

우아한 턱
콤프소그나투스
Compsognathus

크기가 닭만 했어요. 날씬한 몸, 새와 비슷한 다리로 빠르고 민첩하게 움직일 수 있었어요. 그래서 도마뱀처럼 재빨리 도망치는 먹이도 잘 잡았어요. 곤충이나 벌레도 잡아먹었어요.

몸의 균형을 잡아 준 뒤로 곧게 뻗은 길고 가느다란 꼬리

육식		
	살던곳	독일, 프랑스
	시 대	쥐라기 말기
	몸길이	0.6~1미터
	몸무게	2.5킬로그램

육식 — 사나운 공룡

벼이 있는 언 도마뱀
크리올로포사우루스
Cryolophosaurus

1944년에 얼음과 빙하로 뒤덮인 남극 대륙에서 발견되었어요. 크리올로포사우루스는 꽤 큰 초기 육식 공룡이에요. 머리 꼭대기에 구부러진 작은 벼이 있었어요.

두 발로 걷기 좋은 튼튼한 뒷발

암컷을 유혹할 때 사용했을 것으로 여겨지는 볏

날카롭고 뾰족한 이빨

육식
- 살던곳: 남극 대륙
- 시 대: 쥐라기 초기
- 몸길이: 7~8미터
- 몸무게: 500킬로그램

육식 - 사나운 공룡

놀라게 하는 도마뱀
타르보사우루스
Tarbosaurus

티라노사우루스와 비슷하지만 이빨이 작고 납작하며, 앞발도 더 작아요. 또한 머리의 폭이 훨씬 더 좁고 눈이 앞쪽으로 잘 향하지 못했어요. 공룡학자들은 티라노사우루스와 친척쯤 될 거라고 생각하고 있어요.

육식

살던곳	한국, 몽골
시 대	백악기 말기
몸길이	7~12미터
몸무게	1.5~4톤

큰 낫 도마뱀
테리지노사우루스
Therizinosaurus

육식-사나운 공룡

앞발톱이 커다란 낫처럼 생겼어요. 아직 완전한 뼈 화석이 발견되진 않았지만, 세상에 서 가장 큰 발톱을 가진 동물이라는 것은 분명해요. 낫처럼 생긴 긴 발톱은 적과 싸울 때 무기로 이용했어요.

잡식		
	살던곳	한국, 몽골, 중국
	시 대	백악기 말기
	몸길이	9미터
	몸무게	6톤

작은 머리와 긴 목

싸울 때는 무기로, 먹이를 구할 때는 나무 껍질을 벗기거나 흰개미집을 부수던 긴 발톱

앞다리보다 작은 뒷다리

육식-사나운 공룡

상처를 입히는 이빨
트루돈
Troodon

트루돈은 아주 영리해서 무리를 지어 사냥할 줄 알았어요. 눈도 좋고 **날렵한 몸매와 긴 다리** 덕분에 민첩하게 움직일 수 있었어요. 하지만 턱이 약해 큰 동물보다는 작은 포유류나 도마뱀 등을 사냥했어요.

몸의 균형을 잡아 주는 가늘고 긴 **꼬리**

살던곳	미국, 캐나다
시 대	백악기 말기
몸길이	2미터
몸무게	50킬로그램

육식

육식-사나운 공룡

폭군 도마뱀
티라노사우루스
Tyrannosaurus

공룡 중에서 가장 힘이 세고 성질이 사나운 공룡. 이름은 줄여서 '티렉스'라고도 불러요. 거대한 몸집과 강력한 이빨로 산 공룡을 비롯하여 죽은 동물까지 먹어 치운 무서운 사냥꾼이에요.

사냥감을 기절시킬 수 있는 강력한 꼬리

육식

살던곳	미국, 캐나다
시 대	백악기 말기
몸길이	12~14미터
몸무게	7톤

가장자리에 톱날이 있는 날카로운 이빨

짧지만 200킬로그램 정도는 거뜬히 들어 올릴 수 있는 힘이 센 앞발

크고 튼튼한 뒷다리

육식-사나운 공룡

펠리컨을 닮았다
펠레카니미무스
Pelecanimimus

펠리컨처럼 피부로 된 목주머니가 있었어요. 타조를 닮은 공룡들은 이빨이 없는데, 이 공룡은 **송곳 같은 작은 이빨이 220개나 되어, 육식 공룡 중에서 이빨이 가장 많았어요.** 알이나 곤충, 열매 등을 먹었어요.

빨리 달릴 수 있는 긴 뒷다리

음식물을 저장하는 데 쓰였을 목주머니

가늘고 긴 목

먹이를 움켜쥘 수 있는 갈고리처럼 생긴 앞발

잡식	살던곳	에스파냐
	시 대	백악기 초기
	몸길이	2미터
	몸무게	25킬로그램

육식-사나운 공룡

헤레라의 도마뱀
헤레라사우루스
Herrerasaurus

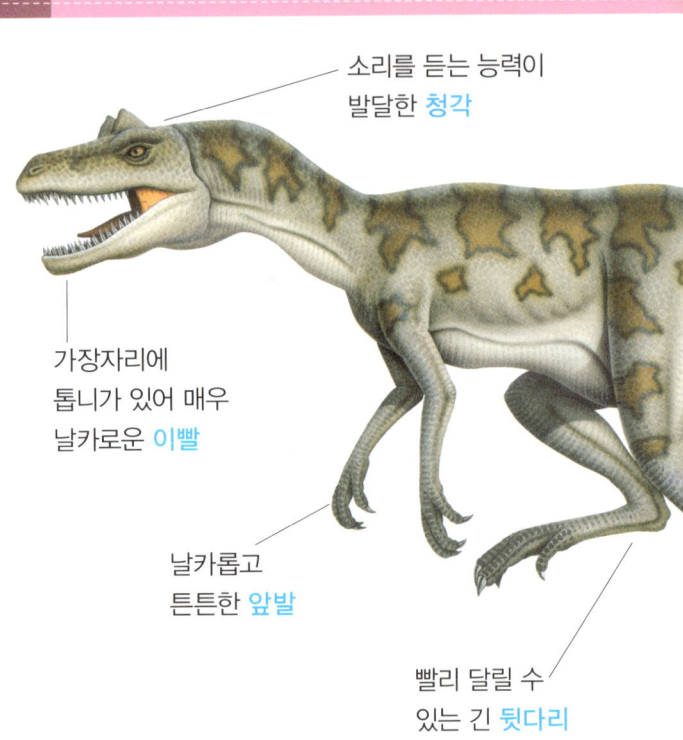

소리를 듣는 능력이 발달한 청각

가장자리에 톱니가 있어 매우 날카로운 이빨

날카롭고 튼튼한 앞발

빨리 달릴 수 있는 긴 뒷다리

가장 원시적인 공룡 중 하나. 트라이아스기 공룡 중에서는 가장 크고 힘이 센 공룡이에요. 사냥한 먹잇감을 통째로 삼킬 정도로 무서운 공룡이었답니다.

몸의 균형을 잘 잡아 주는 길고 뻣뻣한 꼬리

재빨리 이동하거나 달릴 수 있는 날렵한 몸

육식		
살던곳	아르헨티나	
시 대	트라이아스기 말기	
몸길이	3미터	
몸무게	180킬로그램	

육식 공룡의 **공격 무기**는 무엇일까요?

고기를 좋아하는 육식 공룡들은 사냥하기에 유리한 여러 가지 무기들을 가지고 있었어요.

앞발이 자유로웠어요

육식 공룡들은 두 발로 걸을 수 있었어요. 덕분에 자유로운 앞발로 먹잇감이 도망치지 못하도록 꽉 잡을 수 있었지요.

이빨이 칼처럼 날카로웠어요

턱이 강력해서 뼈를 으스러뜨릴 수 있었어요. 뾰족하게 휘어진 이빨 가장자리에는 톱니까지 있어서 고기를 잘 자를 수 있었답니다.

발톱이 갈고리처럼 생겼어요

갈고리처럼 생긴 강력한 발톱으로

먹이를 쫙 찢을 수 있었어요.

눈이 좋았어요

몸집도 작고 강력한 무기도 없는 트루돈은 대신 눈이 좋았어요. 덕분에 다른 큰 육식 공룡이 활동하지 않는 밤에도 사냥할 수 있었지요.

길고 튼튼한 꼬리를 휘둘렀어요

길고 튼튼한 꼬리도 초식 공룡을 공격하는 데 크게 한몫했어요. 사정없이 휘두르는 꼬리에 한 방 맞으면, 초식 공룡은 벌러덩 나가떨어지고 말았답니다.

여럿이 함께 사냥을 했어요

벨로키랍토르처럼 작은 육식 공룡들은 여럿이 힘을 합해서 자기보다 훨씬 큰 동물을 사냥했어요.

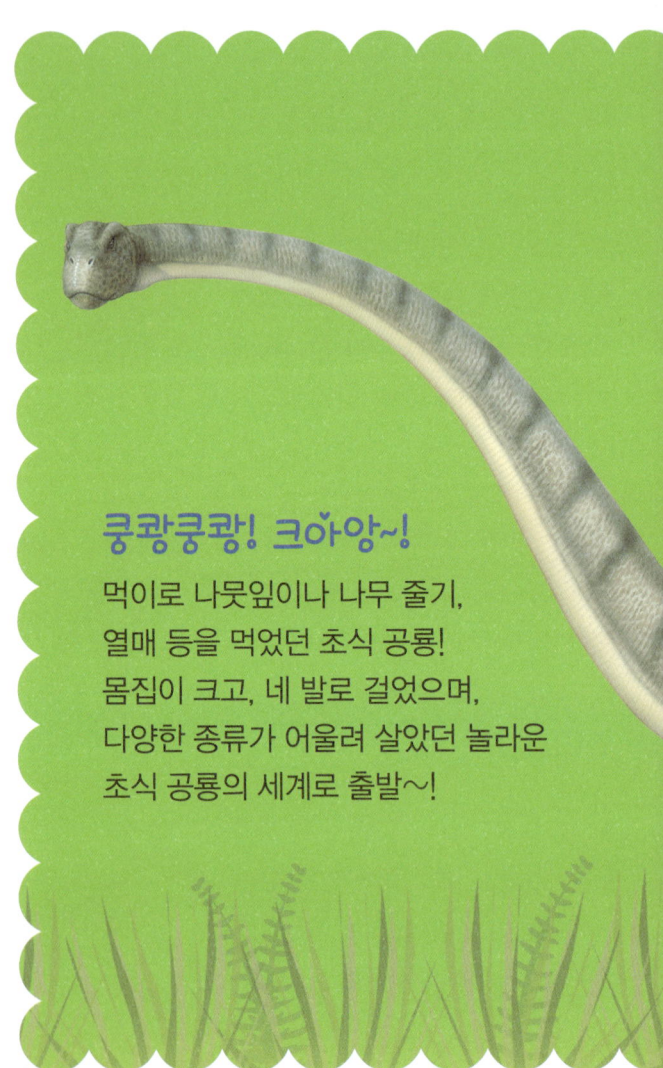

쿵쾅쿵쾅! 크아앙~!

먹이로 나뭇잎이나 나무 줄기,
열매 등을 먹었던 초식 공룡!
몸집이 크고, 네 발로 걸었으며,
다양한 종류가 어울려 살았던 놀라운
초식 공룡의 세계로 출발~!

초식 공룡

초식-목 긴 공룡

등이 갈라진 도마뱀
디크레오사우루스
Dicraeosaurus

등뼈에 양쪽으로 갈라진 돌기가 나 있었어요. 이 공룡은 다른 목 긴 공룡(용각류)에 비해 몸집이 작고 목이 짧아요. 그래서 주로 낮은 곳에 자라는 식물을 먹었어요. 작은 돌을 삼켜서 위 속에 든 돌들이 부딪치면서 삼킨 먹이를 잘게 부숴 소화를 돕게 했어요.

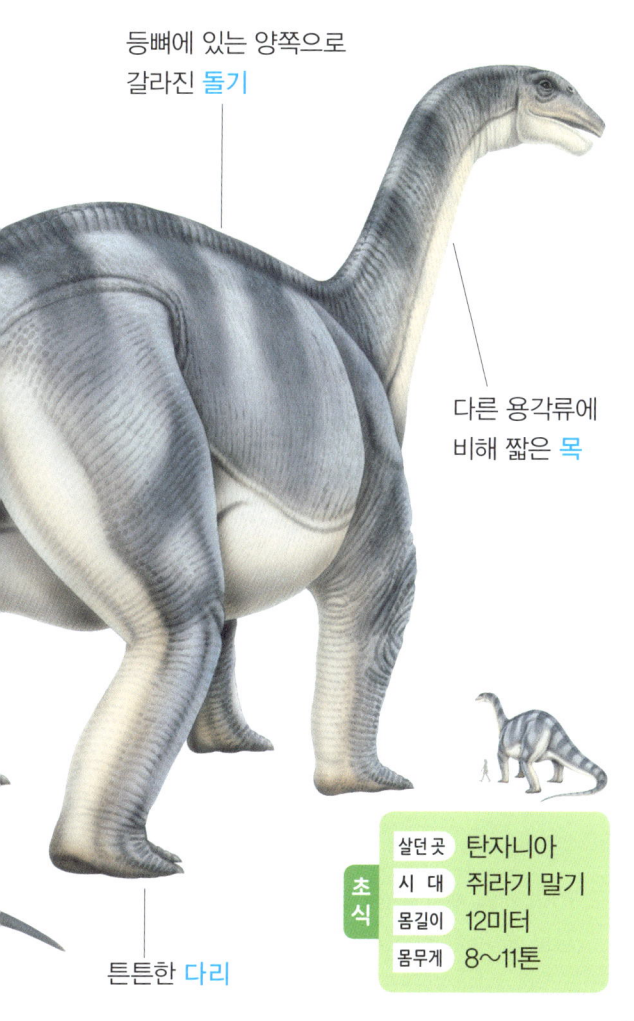

등뼈에 있는 양쪽으로 갈라진 돌기

다른 용각류에 비해 짧은 목

튼튼한 다리

초식		
	살던곳	탄자니아
	시대	쥐라기 말기
	몸길이	12미터
	몸무게	8~11톤

초식—목 긴 공룡

두 개의 줄기
디플로도쿠스
Diplodocus

몸집이 아주 크고 긴 공룡. 하지만 목뼈나 등뼈 일부의 속이 비어 있어서 몸길이에 비해 몸무게는 가벼웠어요. 가벼웠다는 말을 오해하지는 마세요. 몸무게가 자그마치 16톤이나 된 공룡으로 어마어마하게 큰 공룡이었어요. 물가에 여럿이 모여 살았어요.

70여 개의 뼈로 이루어진 공룡 중 가장 긴 꼬리

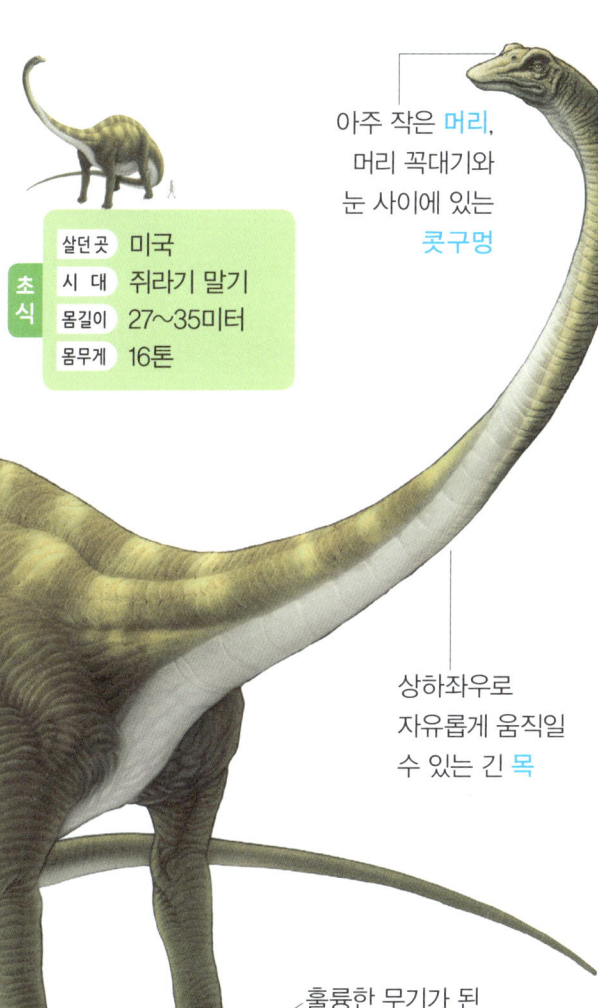

아주 작은 **머리**,
머리 꼭대기와
눈 사이에 있는
콧구멍

초식		
살던곳	미국	
시 대	쥐라기 말기	
몸길이	27~35미터	
몸무게	16톤	

상하좌우로
자유롭게 움직일
수 있는 긴 **목**

훌륭한 무기가 된
앞발의 날카로운 **발톱**

초식–목 긴 공룡

루펜의 도마뱀
루펜고사우루스
Lufengosaurus

몸집이 크고 무거우며 성질이 온순했어요. 네 발로 걷다가 높은 곳의 나뭇잎을 먹을 때는 뒷발로 설 수도 있었어요. 꼬리는 몸의 균형을 잡아 주었어요.
완전한 형태로 중국에서 처음 전시되었어요.

몸의 균형을
잡아 주는 꼬리

50개의
꼬리뼈

초식	
살던곳	중국
시 대	트라이아스기 말기 ~쥐라기 초기
몸길이	6~7미터
몸무게	1~4톤

듬성듬성 난 이빨

방어 무기로 사용한 커다랗고 강력한 엄지발톱

긴 발가락이 네 개 있는 넓적한 뒷발

초식-목 긴 공룡

리오자의 도마뱀
리오자사우루스
Riojasaurus

목 긴 공룡(용각류)의 조상이에요. 원시 용각류 중에서 몸집이 가장 컸어요. 몸이 무거워서 늘 네 발로 걸었어요. 여럿이 무리를 지어 함께 모여 살았답니다.

두 발로 서서 높은 곳에 있는 나뭇잎을 따 먹거나 육식 공룡을 위협할 때 몸의 균형을 잡아 준 꼬리

초식	살던곳	아르헨티나
	시대	트라이아스기 말기 ~쥐라기 초기
	몸길이	11미터
	몸무게	4.5톤

옆으로 납작한 상자형 **얼굴**

뒷다리보다 작은 **앞발**

앞다리보다 긴 **뒷다리**
새처럼 생긴 **발**

초식 — 목 긴 공룡

마멘키의 도마뱀
마멘키사우루스
Mamenchisaurus

아시아에서 발견된 공룡 중 가장 큰 공룡이에요. 몸집이 큰 만큼 먹이도 많이 먹었고, 소화를 돕기 위해 돌을 삼켰어요. 여럿이 모여 살았는데, 다른 곳으로 옮겨 갈 때면 새끼들을 보호하기 위해 어른 공룡들이 새끼들을 에워싸고 이동했어요.

채찍처럼 휘둘러서 적과 싸울 때 사용한 가늘고 긴 꼬리

— 몸집에 비해
작은 머리

— 길이는 15미터,
목뼈 개수는 19개로
전체 몸길이의 반 이상을
차지하는 긴 목

— 뼈 사이의 공간
덕분에 상하좌우로
구부리기 쉬운 목뼈

초식	살던 곳	중국
	시 대	쥐라기 말기
	몸길이	22미터
	몸무게	17톤

초식-목 긴 공룡

거대한 등뼈
마소스폰딜루스
Massospondylus

남아프리카에서 발견된 이 공룡의 척추뼈를 보고 영국의 리처드 오언이 이름을 지었어요. 초기의 초식 공룡 중에서 가장 번성한 공룡으로, 화석이 80개나 발견되었어요. 평소에는 네 발로 걸었지만, 뒷다리가 길어 뒷다리만으로 서기도 했어요. 성격은 온순했어요.

앞다리보다 길고 잘 발달해 쉽게 설 수도 있는 뒷다리

길고 유연해서 높은 곳의 식물도 먹을 수 있는 **목**

질긴 식물은 잘 씹을 수 없는 약한 **턱**

먹이를 움켜쥘 수 있는 큰 발톱이 있는 다섯 개의 **앞발가락**

초식		
살던곳	남아프리카 공화국, 짐바브웨	
시대	쥐라기 초기	
몸길이	4~6미터	
몸무게	220킬로그램	

초식 — 목 긴 공룡

부경의 도마뱀
부경고사우루스
Pukyongosaurus

부경대학교 백인성 교수가 1999년 경상남도 하동군에서 발굴했어요. 맨 처음으로 우리 말 이름이 붙은 공룡으로, 몸무게가 20~30톤, 몸길이가 20미터나 되는 아주 큰 공룡이

몸의 균형을
잡아 주는 긴
꼬리

짧은 앞발과
날카로운 발톱

에요. 무거운 몸을 지탱하기 위한 튼튼한 다리와 몸의 중심을 잡아 주는 긴 꼬리를 가지고 있었어요.

키가 큰 나무의 나뭇잎을 따 먹을 수 있는 긴 목

머리에서 꼬리까지 20미터나 되는 몸길이

초식	살던곳	한국
	시 대	백악기 초기~중기
	몸길이	20미터
	몸무게	20~30톤

초식—목 긴 공룡

화산 이빨
불카노돈
Vulcanodon

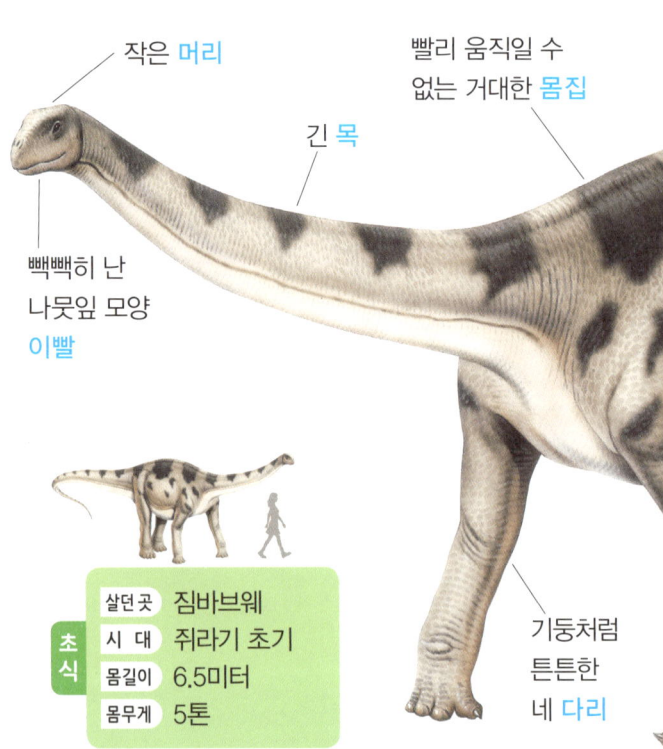

- 작은 머리
- 빨리 움직일 수 없는 거대한 몸집
- 긴 목
- 빽빽히 난 나뭇잎 모양 이빨
- 기둥처럼 튼튼한 네 다리

초식
- 살던곳: 짐바브웨
- 시대: 쥐라기 초기
- 몸길이: 6.5미터
- 몸무게: 5톤

이름에서 알 수 있듯이 용암 지대에서 화석이 발견되었어요. 가장 원시적인 목 긴 공룡으로, 몸집이 크고 목이 길며, 기둥처럼 튼튼하고 큰 네 다리로 걸었어요. 여럿이 함께 모여 살았어요.

육식 공룡을 만나면
휘둘러 싸운 긴 꼬리

초식—목 긴 공룡

팔 도마뱀
브라키오사우루스
Brachiosaurus

다른 목 긴 공룡과 다르게 앞다리가 뒷다리보다 길어요. 뼈가 굵직한 브라키오사우루스는 몸이 아주 무거워 네 발로 걸었어요. 몸이 큰 만큼 아주 많이 먹었는데, 자그마치 하루에 200킬로그램이나 먹어치웠어요.

다른 목 긴 공룡에 비해 짧지만, 채찍처럼 휘둘러서 육식 공룡의 공격을 막은 꼬리

차가운 공기를 마셔 뜨거워진 몸의 온도를 조절해 주는 **콧구멍**

빈 공간이 있어 몸무게를 줄여 준 **등골뼈**

길이가 9미터나 되는 긴 **목**

빨리 뛸 수 없는 가는 **앞다리**

초식		
	살던곳	탄자니아, 알제리, 미국
	시 대	쥐라기 말기
	몸길이	28미터
	몸무게	30톤

초식-목 긴 공룡

살타 도마뱀
살타사우루스
Saltasaurus

살타사우루스는 뼈로 감싼 공룡처럼 등에 콩알만 한 돌기가 울퉁불퉁 나 있었어요. 하지만 긴 목과 긴 꼬리, 커다란 몸집을 보면 영락없는 목 긴 공룡이랍니다.

쭉 펴면 6미터까지 닿을 수 있는 목

초식
살던곳	아르헨티나
시 대	백악기 말기
몸길이	12미터
몸무게	7~10톤

강한 근육의
긴 꼬리

콩알만 한 돌기와
울퉁불퉁한 뼈들로
뒤덮여 있는 등

다른 목 긴
공룡보다 짧고
두꺼운 다리

초식-목 긴 공룡

지진 도마뱀
세이스모사우루스
Seismosaurus

빈 공간이 많아 비교적 가벼웠던 목뼈

나뭇잎을 훑어 먹을 수 있는 빗처럼 생긴 이빨

큰 몸을 지탱해 주는 굵고 튼튼한 네 다리

삼킨 돌멩이로 소화를 도운 위

몸집이 어마어마하게 커서 걸을 때마다 지진이 일어난 것처럼 땅이 흔들렸을 거라는 뜻에서 '지진 도마뱀'이라는 이름이 붙었어요. 공룡 중에서 몸길이가 가장 길고 몸무게도 가장 무거웠던 공룡이에요. 성질이 온순하고, 여럿이 모여 살았어요.

머리에서 꼬리까지 무려 30~40미터에 이르는 긴 몸길이

초식		
	살던곳	미국
	시 대	쥐라기 말기
	몸길이	30~40미터
	몸무게	20~30톤

초식-목 긴 공룡

슈 도마뱀
슈노사우루스
Shunosaurus

12개의 목뼈로 이루어져 다른 목 긴 공룡에 비해 짧은 목

숟가락 모양 이빨

커다란 발, 두꺼운 발톱

작은 머리, 긴 목과 꼬리, 기둥 같은 네 개의 다리 등 목 긴 공룡의 특징이 나타나지만 완전히 발달하지는 못했어요. 꼬리 끝에 곤봉 모양의 뼈 뭉치가 있었는데, 이것으로 적의 공격을 막아 냈어요.

적을 죽일 수 있을 만큼 위협적인 곤봉 모양의 꼬리

초식
- 살던곳: 중국
- 시대: 쥐라기 중기
- 몸길이: 12미터
- 몸무게: 10톤

초식-목 긴 공룡

아마르가 도마뱀
아마르가사우루스
Amargasaurus

목부터 등까지 나 있는 긴 돌기

뭉툭한 이빨

다른 목 긴 공룡에 비해 짧은 목

네 개의 튼튼한 다리

다른 목 긴 공룡처럼 여럿이 함께 모여 살지 않고 가족끼리 모여 살았어요. 목부터 등까지 나 있는 돌기는 몸을 커 보이게 하거나, 몸의 온도를 조절하거나, 짝짓기를 할 때 상대에게 잘 보이기 위해 사용했어요.

다른 목 긴 공룡에 비해 짧은 꼬리

초식
- 살던곳: 아르헨티나
- 시 대: 백악기 초기
- 몸길이: 10미터
- 몸무게: 9톤

초식 – 목 긴 공룡

속이는 도마뱀
아파토사우루스
Apatosaurus

물가에 여럿이 모여 살았어요. 몸이 튼튼했으며, 앞발이 짧고 꼬리가 길었어요. 비교적 빠르게 걷지는 못했어요.

크고 곧게 발달한 네 다리

발바닥을 들고 발가락으로 걸었던 뒷다리

머리 뒤쪽에 있는 커다란 **콧구멍**

길고 납작한 **머리**

빈 공간이 있어서 가볍지만 구조는 튼튼한 **등골뼈**

나뭇가지를 훑기에 알맞은 **이빨**

굵고 긴 목을 지탱해 주는 12개의 **목뼈**

초식	살던곳	미국
	시대	쥐라기 말기
	몸길이	27미터
	몸무게	35톤

초식—목 긴 공룡

알라모 도마뱀
알라모사우루스
Alamosaurus

다른 목 긴 공룡들과는 달리 골편(피부를 덮고 있는 작고 납작한 얇은 뼈)이 몸을 덮고 있었어요. 골편은 육식 공룡의 공격으로부터 알라모사우루스의 몸을 보호해 주었어요.

끝으로 갈수록 가늘고 길어지는 꼬리

초식	살던곳	미국
	시대	백악기 말기
	몸길이	21미터
	몸무게	30톤

육식 공룡의 공격으로부터 몸을 보호해 준 온몸의 골편

걷기에 알맞은 튼튼한 다리

초식-목 긴 공룡

확실한 헬로푸스
에우헬로푸스
Euhelopus

카마라사우루스와 비슷하지만 목뼈와 등뼈는 더 길어요. 네 발로 걸었으며, 이빨이 숟가락처럼 생겨서 단단한 식물을 먹기에 좋았어요. 긴 목은 17~20개의 목뼈로 이루어져 있었어요.

좀 짧은 편이지만
육식 공룡과 싸울 때
훌륭한 무기가 된 꼬리

머리 윗부분
눈 바로 앞에
있는 **콧구멍**

숟가락처럼 생겨서
단단한 식물을
먹기에 좋은 **이빨**

17~20개나 되는
목뼈

무거운 몸을 지탱해 주는
네 개의 튼튼한 **다리**

초식		
	살던곳	중국
	시 대	쥐라기 말기
	몸길이	15미터
	몸무게	20톤

111

초식 – 목 긴 공룡

오메이 도마뱀
오메이사우루스
Omeisaurus

중국의 오메이산에서 화석이 발견되었어요. 목길이가 전체 몸길이의 절반을 차지할 정도로 목이 긴 공룡이에요. 수풀보다는 호숫가 같은 곳에서 여럿이 모여 살았어요. 머리를 높이 쳐들어 아주 높은 곳에 있는 식물도 먹을 수 있었어요.

끝이 곤봉
모양인 꼬리

10미터나 되는
아주 긴 목

위턱에 32개,
아래턱에
28~34개가 있는
숟가락처럼 생긴
이빨

주둥이 끝에
가깝게 있는
콧구멍

초식	살던곳	중국
	시 대	쥐라기 말기
	몸길이	10~15미터
	몸무게	10톤

초식-목 긴 공룡

방 도마뱀
카마라사우루스
Camarasaurus

등뼈에 커다란 구멍이 있었어요. 이 구멍 덕분에 몸무게를 줄일 수 있었지요. 빗처럼 생긴 앞이빨로 나뭇잎을 훑어 먹었고, 질긴 나뭇가지는 대충 씹어 삼켰어요. 대신 돌을 삼켜 위 속에 든 돌이 삼킨 먹이를 갈아 소화를 도왔어요.

머리 뒤쪽에 있는 눈

나뭇잎을 훑어 먹기 좋은 빗처럼 생긴 앞이빨

다른 목 긴 공룡보다 짧고 두꺼운 목

무거운 몸무게를 지탱해 준 튼튼한 네 다리

초식		
	살던곳	미국
	시 대	쥐라기 말기
	몸길이	20미터
	몸무게	20톤

초식-목 긴 공룡

고래 도마뱀
케티오사우루스
Cetiosaurus

덩치에 비해
작은 머리

뻣뻣해서 높이
들어 올릴 수는 없지만
고개를 아래로 숙일
수는 있는 목

삼킨 돌로
소화를 도운 위

다른 목 긴 공룡에 비해 목이 짧지만 몸은 아주 무거웠어요. 많은 목 긴 공룡들의 등뼈에는 빈 공간이 있는데, 케티오사우루스는 등뼈에 빈 공간이 거의 없었기 때문이랍니다. 바닷가에 여럿이 함께 모여 살았어요.

초식		
살던곳	영국, 모로코	
시 대	쥐라기 중기~말기	
몸길이	18미터	
몸무게	30톤	

목에 비해
긴 꼬리

초식-목 긴 공룡

평평한 도마뱀
플라테오사우루스
Plateosaurus

트라이아스기 공룡 중에서 가장 큰 공룡이에요. 독일에서 이 공룡의 화석이 무더기로 발견되어 집단 생활을 했다는 것을 알 수 있어요. 머리뼈가 아주 단단하고, 코가 발달해서 냄새를 잘 맡았어요. 앞다리는 짧지만 튼튼했어요.

작고 단단한 머리뼈

초식
살던곳	독일, 스위스, 프랑스, 그린란드
시 대	트라이아스기 말기
몸길이	7~9미터
몸무게	1톤

싸울 때 채찍처럼
휘두른 꼬리

높은 곳의 나뭇잎
을 먹을 때는
설 수도 있는
튼튼한 뒷다리

짧지만
튼튼한
앞다리

공룡에 대한 궁금증을 풀어요

초식 공룡이 돌을 삼켰다고요?

몸집이 큰 초식 공룡들은 아주 많이 먹어야 했어요. 하지만 하나씩 씹어 먹기에는 시간이 없었어요. 게다가 먹이를 잘게 갈 수 있는 어금니도 없었지요.

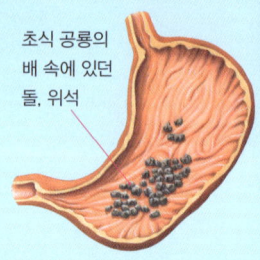
초식 공룡의 배 속에 있던 돌, 위석

그래서 돌멩이를 삼킨 거예요. 씹지도 않고 삼켜 버린 먹이를 돌들이 서로 부딪혀 소화가 잘 되도록 갈아 주도록요. 이 돌을 '위석'이라고 하는데, 세이스모사우루스의 배 속에서는 무려 230개의 돌멩이가 나왔답니다.

공룡은 몇 살까지 살았을까요?

공룡은 어릴 때는 빨리 자라지만 어느 정도 크면 천천히 자랐어요. 메갑노사우루스는 사람처럼 어느 정도 자라면 더 이상 자라지 않았어요. 그러나 마소스폰딜루스는 멈추지 않고 계속 자랐지요.

그렇다면 공룡은 과연 몇 살까지 살았을까요? 브라키오사우루스처럼 몸이 커다란 공룡들은 약 백 살까지 살았을 거예요. 그런데 티라노사우루스는 평균 28년 정도밖에 살지 못했어요.

육식 공룡이 초식 공룡으로 바뀌었다고요?

'팔카리우스 유타엔시스'는 몸길이가 4미터이고, 두 다리로 걸었으며, 몸이 깃털 같은 털로 덮여 있었어요. 이 공룡의 이빨은 고기를 자르기보다 나뭇잎을 훑어 먹기에 더 알맞았으며, 창자가 식물을 소화시키기에 필요한 만큼 늘어나 있었어요.

이런 특징들은 초기 초식 공룡의 특징이에요. 이 공룡은 원래 고기를 주로 먹는 육식 공룡이었는데, 식물을 먹는 초식 공룡으로 식성이 바뀐 아주 특이한 공룡이에요.

초식–새 다리 공룡

떡갈나무 도마뱀
드리오사우루스
Dryosaurus

성질이 온순했고, 숲에 모여 살았어요. 눈이 커서 육식 공룡이 나타나면 재빨리 발견하고 도망을 갔어요. 입 앞쪽에 이빨이 없어서 딱딱한 부리로 나뭇잎을 뜯은 다음 입안 깊숙한 곳에 있는 이빨로 잘게 부수었어요.

몸의 균형을 잡아 주는 긴 꼬리

초식		
	살던곳	미국, 탄자니아, 영국, 루마니아
	시 대	쥐라기 말기
	몸길이	3~3.5미터
	몸무게	1톤

적을 재빨리 발견하고 도망칠 수 있는 예리한 눈

나뭇가지를 잡을 수 있는 앞발

빨리 달릴 수 있는 가늘고 긴 뒷다리

초식-새 다리 공룡

람베의 도마뱀
람베오사우루스
Lambeosaurus

다른 공룡과 쉽게 구별할 수 있었던 **볏**

오리 주둥이처럼 넓적하고 작은 **입**

굽처럼 생긴 **앞발가락**

머리 위에 도끼 모양의 볏이 있어서 다른 공룡과 쉽게 구별할 수 있었어요. 이빨이 700여 개나 되어 질긴 나뭇가지나 열매도 잘 먹었어요.

치켜들고 다니면서 몸의 균형을 잡은 굵고 큰 꼬리

초식	살던곳	미국, 캐나다, 멕시코
	시 대	백악기 말기
	몸길이	15미터
	몸무게	7톤

초식–새 다리 공룡

레소토사우루스
레소토 도마뱀
Lesothosaurus

골반이 새처럼 생긴 새 다리 공룡 중에서 가장 오래된 공룡. 몸집이 작고 아주 민첩했어요. 뼈는 속이 비어서 가벼웠지만, 튼튼했어요.

— 재빨리 방향을 바꿀 때 몸의 중심을 잘 잡아 준 길고 날씬한 꼬리

초식		
살던곳	레소토, 남아프리카 공화국	
시 대	쥐라기 초기	
몸길이	1미터	
몸무게	10킬로그램	

초식-새 다리 공룡

착한 엄마 도마뱀
마이아사우라
Maiasaura

마이아사우라는 해안가에 모여 살면서 공동으로 새끼를 돌봤어요. 그래야 적의 공격을 막기 쉬우니까요. 새끼들은 어느 정도 자랄 때까지 어미들이 주는 먹이를 먹으며 지냈어요.

몸의 균형을 잘 잡아 주는 길고 튼튼한 꼬리

평소에는 네 발로 걷고 높은 곳의 나뭇잎을 따 먹을 때는 서기도 한 뒷다리

초식	살던곳	미국
	시 대	백악기 말기
	몸길이	7~9미터
	몸무게	2~3톤

납작한 부리가 있는 짧은 **주둥이**

초식-새 다리 공룡

관 도마뱀
사우롤로푸스
Saurolophus

머리 꼭대기에
콧구멍까지 연결된
볏 모양의 돌기가
있었어요.
육식 공룡이
나타나거나, 짝짓기를 할 때
이 볏으로 소리를 내어 신호를
보냈어요. 또 짝짓기를 할 때면
코 주머니를 부풀려 상대방의
눈에 잘 띄도록 했어요.

물속 생활을 하면서
지탱한 큰 **몸**

몸의 균형을
잡아 주는 긴 **꼬리**

크고 튼튼해서 물가를
거닐거나 헤엄치기에
알맞은 **뒷다리**

초식	살던곳	미국, 몽골
	시 대	백악기 말기
	몸길이	10미터
	몸무게	2톤

초식-새 다리 공룡

산둥성의 도마뱀
산퉁고사우루스
Shantungosaurus

주둥이가 **오리처럼 생긴 공룡 중에서 가장 큰 공룡**이에요. 주둥이가 오리처럼 넓적한데, 이빨이 많아서 식물을 잘게 갈아서 먹었어요.

몸길이의 절반이나 되는 긴 **꼬리**

걷거나 뛸 수 있는 근육질의 **뒷다리**

초식		
살던곳	중국	
시 대	백악기 말기	
몸길이	13~16미터	
몸무게	16톤	

오리처럼 넓적한 **주둥이**와 먹이를 잘게 갈아서 먹기에 알맞은 많은 **이빨**

평소 네 발로 걸을 때 사용하는 짧은 **앞다리**

> 초식-새 다리 공룡

에드몬토사우루스
에드몬토 도마뱀
Edumontosaurus

고개를 돌릴 수 있는 유연한 목

1,000개가 넘는, 이빨 식물을 잘라 먹기에 좋은 넓고 납작한 주둥이

에드몬토사우루스는 이빨과 뺨이 발달해서 음식물을 잘 씹을 수 있었기 때문에 돌을 삼키지 않았어요. 또한, 다른 오리 주둥이 공룡들과 달리 머리 위에 볏도 없었어요.

몸의 균형을 잡아 준 긴 꼬리

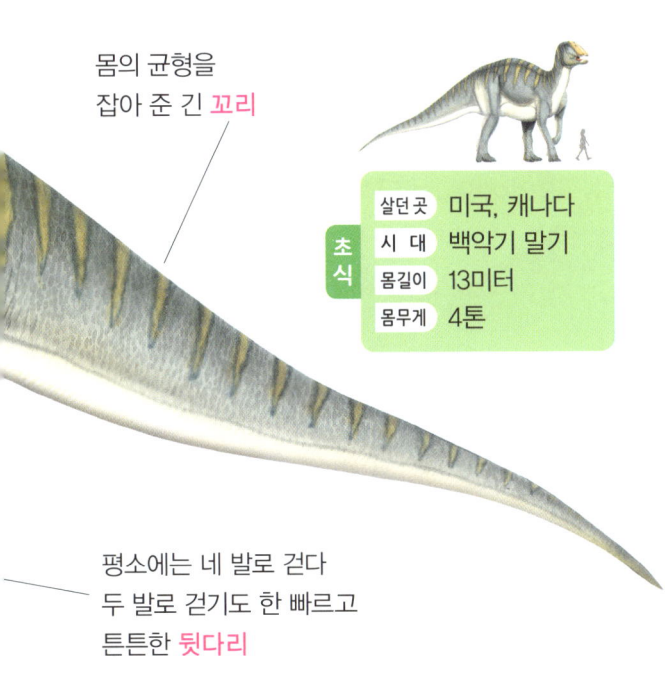

초식	살던곳	미국, 캐나다
	시 대	백악기 말기
	몸길이	13미터
	몸무게	4톤

평소에는 네 발로 걷다 두 발로 걷기도 한 빠르고 튼튼한 뒷다리

초식-새 다리 공룡

산을 뛰어다니는 자
오로드로메우스
Orodromeus

오로드로메우스는 둥지에 알을 낳고 나뭇잎을 덮어 온도를 조절했어요. 새끼는 알에서 나오자마자 잘 걸었어요. 여럿이 모여 살면서 나뭇잎, 열매 등을 먹었어요. **주둥이는 부리**처럼 생겼고, 턱에는 나뭇잎을 잘 갈 수 있는 이빨이 있었어요.

딱딱한 부리처럼
생긴 **주둥이**

식물을 잘 갈
수 있는 이빨이
있는 **턱**

나뭇가지를 잡을
수 있는 **앞발**

길고 튼튼한
뒷다리와
뾰족한 **발톱**

초식	살던곳	미국
	시대	백악기 말기
	몸길이	2~3미터
	몸무게	50킬로그램

초식-새 다리 공룡

용감한 도마뱀
오우라노사우루스
Ouranosaurus

눈 위에 있는 한 쌍의 **돌기**

피부로 덮여 있는 가시 같은 **뼈**

머리가 길고 오리처럼 넓적한 **주둥이**

사람 손처럼 생겨서 물건을 쥘 수 있는 **앞발**

오리 주둥이 공룡도 아닌데 머리가 길고 주둥이가 넓적했어요. 등에는 가시 같은 뼈가 있어서 돛을 단 것 같았어요. 두 발로 걷다가 가끔 네 발로 걸었어요. 앞발이 사람 손처럼 생겨서 물건을 쥘 수 있었어요. 여럿이 모여 살았어요.

빨리 달릴 때 몸의
균형을 잡아 주는 꼬리

초식		
	살던곳	니제르
	시 대	백악기 초기
	몸길이	7미터
	몸무게	2톤

초식-새다리공룡

이구아노돈
이구아나의 이빨
Iguanodon

- 냄새를 잘 맡았던 **코**
- 튼튼한 **몸집**
- 단단한 부리가 있는 **주둥이**
- 뒷다리보다 짧은 **앞다리**와 다섯 개의 **앞발가락**

세계 여러 나라에서 화석이 발견되었어요. 공룡 중에서 두 번째로 이름이 붙여졌어요. 앞발 엄지발가락에 있는 송곳처럼 뾰족한 발톱을 무기로 사용했어요. 다섯 번째 앞발가락을 안으로 구부려서 물건을 쥘 수도 있었어요.

초식
살던곳	벨기에, 영국, 독일, 에스파냐
시 대	백악기 초기
몸길이	10미터
몸무게	3톤

몸의 균형을 잡아 주는 단단한 꼬리

두 발로 걸을 수 있었던 튼튼한 뒷다리와 세 개의 뒷발가락

초식—새 다리 공룡

친타오 도마뱀
친타오사우루스
Tsintaosaurus

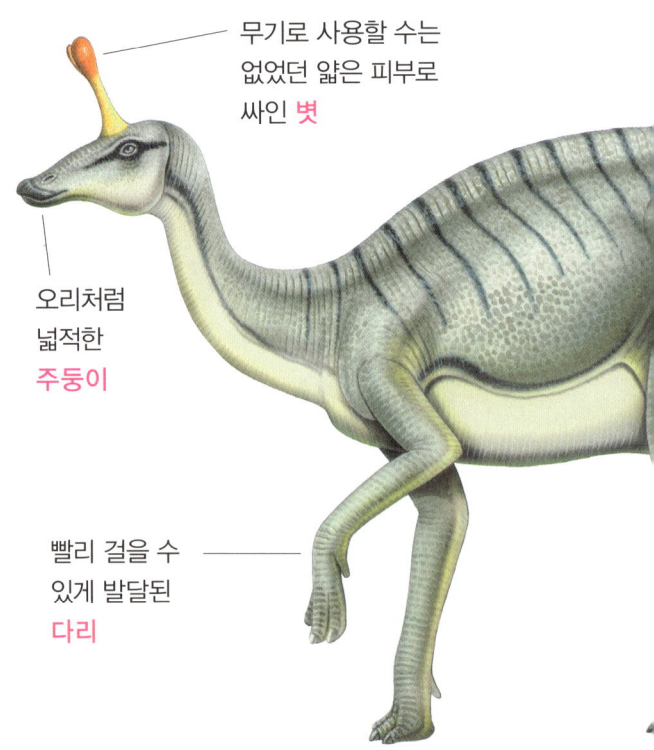

무기로 사용할 수는 없었던 얇은 피부로 싸인 **볏**

오리처럼 넓적한 **주둥이**

빨리 걸을 수 있게 발달된 **다리**

두 눈 사이에 위로 쭉 뻗은 볏이 있는데, 끝이 양쪽으로 갈라져 다른 공룡과 잘 구별할 수 있었어요. 이 볏은 뼈가 아니고 얇은 피부로 싸인 것이어서 무기로 사용할 수는 없었어요. 성질이 온순했으며, 여럿이 모여 살았어요. 우리나라에서도 살았답니다.

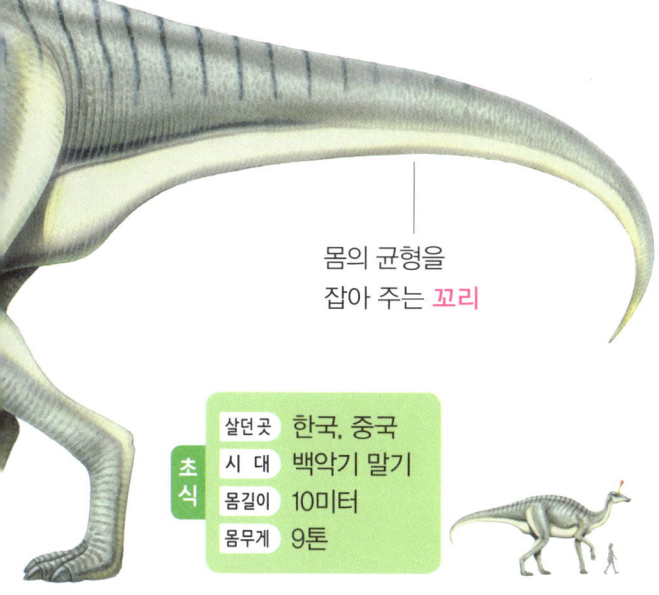

몸의 균형을 잡아 주는 **꼬리**

초식
- 살던곳: 한국, 중국
- 시 대: 백악기 말기
- 몸길이: 10미터
- 몸무게: 9톤

초식-새 다리 공룡

유연한 도마뱀
캄프토사우루스
Camptosaurus

이 공룡이 살던 때는 질긴 식물이 많았는데, 그런 식물을 잘 먹을 수 있도록 진화했어요. 몸집이 크지만, 움직임은 빨랐어요. 단단한

길고 무겁지만 몸의 균형을 잘 잡아 준 꼬리

초식		
	살던곳	영국, 포르투갈, 미국
	시 대	쥐라기 말기
	몸길이	6미터
	몸무게	1톤

부리와 아래턱에 여러 줄 나 있는 톱니 이빨로 먹이를 곱게 갈 수 있었어요.

뒷다리로 걸을 때 몸의 균형을 잡게 해 준 등뼈 **힘줄**

먹이를 곱게 갈 수 있는 톱니 **이빨**

뒷다리보다 짧은 **앞다리**

두 발로 걸을 수 있는 튼튼한 **뒷다리**

초식-새 다리 공룡

헬멧 도마뱀
코리토사우루스
Corythosaurus

화석에 피부 흔적이 남아 있는 희귀한 공룡. 머리에 헬멧처럼 생긴 볏이 있었는데, 속이 비어 있어서 높은 음의 소리를 낼 수 있었어요. 볏은 암컷에게 잘 보이려고 할 때 사용했어요.

크고 튼튼한 뒷다리

초식	살던곳	캐나다, 미국
	시 대	백악기 말기
	몸길이	10미터
	몸무게	4톤

등을 지탱해 주는 강한 힘줄이 있는 **등뼈**

속이 빈 **볏**

식물을 자르거나 뜯기 쉽게 생긴 **주둥이**와 질긴 식물도 잘게 갈 수 있게 빽빽히 난 600여 개의 **이빨**

화석에 피부 흔적이 남아 있는 희귀한 **공룡**

그리 강하지 않은 엄지가 없는 **앞발**

초식-새 다리 공룡

힘줄 도마뱀
테논토사우루스
Tenontosaurus

등에서 꼬리까지 튼튼한 힘줄이 있었어요. 몸길이에 비해 꼬리가 긴 공룡이에요. 데이노니쿠스 여러 마리가 테논토사우루스를 공격하는 화석이 발견되기도 했어요. 성격은 온순했으며, 여러 마리가 모여 살았어요.

초식		
살던곳	미국	
시 대	백악기 초기	
몸길이	7미터	
몸무게	1톤	

강한 힘줄이 감싸고 있는
몸길이의 반이나 되는 두껍고
튼튼한 긴 꼬리

등에서 꼬리까지
뻗어 있는 튼튼한 힘줄

크고 튼튼한 이빨

날카로운
발톱이 있는
길고 강한
앞다리

초식-새 다리 공룡

관 도마뱀과 비슷하다
파라사우롤로푸스
Parasaurolophus

머리 뒤쪽에 속이 빈 긴 관이 있었어요. 관은 코까지 연결되어 있었고, 등에는 머리의 관을 뒤로 젖히면 딱 들어맞는 홈이 있었어요. 특별한 방어 무기가 없는 대신 몸집이 무척 컸어요. 성질이 온순했으며, 여럿이 모여 살았어요.

특별한 방어 무기가 없는 대신 아주 컸던 **몸집**

초식
- 살던곳: 미국, 캐나다
- 시 대: 백악기 말기
- 몸길이: 10미터
- 몸무게: 3톤

머리 뒤쪽에서부터 코까지 연결되어 있는 속이 빈 관

오리 주둥이 모양의 입과 아주 많은 작은 이빨

평소에는 네 발로 걷다 두 발로 걸을 수도 있었던 뒷다리

초식-새다리공룡

이빨의 쓰임새가 각각 다른 도마뱀
헤테로돈토사우루스
Heterodontosaurus

앞이빨과 어금니의 모양이 다르게 생긴 공룡이에요. 한마디로 육식 공룡과 초식 공룡의 이빨 특징을 다 가지고 있어요. 몸은 아주 작아서 칠면조 정도 크기 밖에 되지 않았어요.

몸의 균형을 잡아 주는 긴 꼬리

초식
- 살던곳: 레소토
- 시대: 쥐라기 초기
- 몸길이: 1.2미터
- 몸무게: 6킬로그램

초식–새다리공룡

아주 높은 도마뱀
히파크로사우루스
Hypacrosaurus

머리 위에 있는 작은 **볏**

솟아 있는 **등줄기**

조금 뒤쪽에 있는 **콧구멍**과 안쪽에 이빨이 여러 개 나 있어 식물을 잘 씹을 수 있는 오리처럼 납작한 **주둥이**

주둥이가 오리처럼 생긴 공룡으로, 머리 위에 헬멧처럼 생긴 작은 볏이 있었어요. 코리토사우루스와 닮았고, 습기가 많은 숲속에 모여 살았어요.

초식		
	살던곳	미국, 캐나다
	시 대	백악기 말기
	몸길이	9미터
	몸무게	1.5톤

몸의 균형을 잡아 주는 꼬리

네 발로 걷다 위험한 순간에는 서서 달릴 수 있었던 뒷다리

초식—새 다리 공룡

높은 봉우리 이빨
힙실로포돈
Hypsilophodon

이빨이 봉우리처럼 뾰족해요. 몸이 작고 민첩한 초식 공룡이에요. 특별한 방어 무기가 없는 대신 적이 나타나면 재빨리 도망을 쳤어요. 성질이 온순했으며, 여럿이 모여서 부드러운 새싹이나 잎을 먹고 살았어요.

초식		
	살던곳	영국, 에스파냐, 미국
	시 대	백악기 초기
	몸길이	2.3미터
	몸무게	50킬로그램

단단한 부리가 있는
주둥이와 강한 **턱**

먹이를 흘리지 않고
잘 씹을 수 있는 **뺨**

짧은 **앞발**과
뭉툭한 **발가락**

시속 50킬로미터로 빨리
달릴 수 있는 짧은 **넓적다리**와
긴 **정강이**의 뒷다리

우리나라에도 공룡이 살았어요?

그럼요. 우리나라에도 공룡이 살았어요. 사나운 육식 공룡뿐만 아니라 거대한 초식 공룡들이 무리를 지어 살았지요. 공룡 발자국과 공룡 뼈, 공룡 알, 둥지까지 골고루 발견되었어요.

우리나라는 백악기 공룡들의 천국이었어요

세계에서 공룡 발자국이 가장 많이 발견된 곳은 우리나라 경상남도에 있는 고성이에요. 우리나라에서 발견된 공룡 발자국은 모두 8,000여 개인데, 그중 고성에서만 5,000여 개가 발견되었지요.

경상남도 마산에서 발견된 공룡 발자국 화석. 발자국 길이가 35센티미터, 너비가 32센티미터나 된답니다.

우리말 이름 공룡도 있어요

1999년 국립 부경대학교 환경지질과학과 연구 팀이 경상남도 하동군에서 공룡 뼈 화석을 발견했어요. 이 공룡은 몸길이가 20미터나 되는 목이 긴 초식 공룡으로 백악기에 살았어요. 연구 팀은 이 공룡에게 '천년부경룡(Pukyongosaurus millenniumi)'이라는 이름을 붙여 주었지요. 이 공룡의 이름은 지금 세계 여러 기관의 공룡 목록에 올라 있답니다.

부경대학교 연구 팀이 발견한 천년부경룡 화석

우리나라의 공룡 유적지는 어디일까요?

우리나라에서는 공룡 발자국뿐 아니라 이빨, 발톱 등 다양한 화석이 발견되었어요. 주요 유적지를 지도를 통해 만나 보세요.

초식-뿔난 공룡

하나의 뿔
모노클로니우스
Monoclonius

뿔이 있는 공룡 중에서 처음으로 발견된 공룡이에요. 코 위에 긴 뿔이 있어 쉽게 알아볼 수 있었어요.

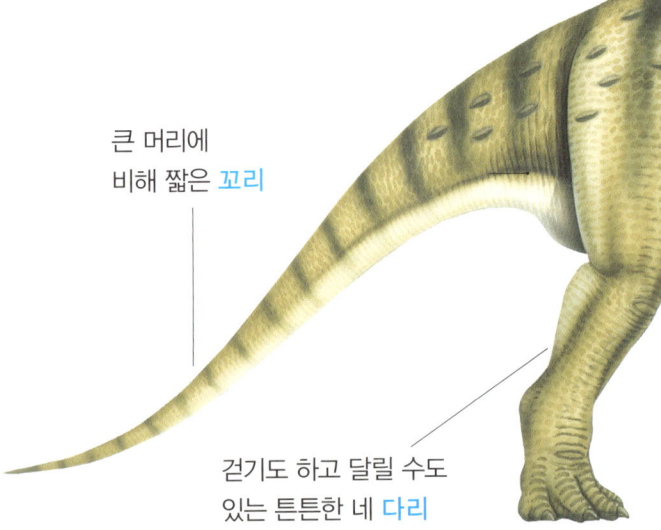

큰 머리에 비해 짧은 꼬리

걷기도 하고 달릴 수도 있는 튼튼한 네 다리

초식	살던곳	미국, 캐나다
	시대	백악기 말기
	몸길이	5~6미터
	몸무게	2톤

동그란 **목장식**
두 개의 **작은 뿔**

코 위에
있는 **긴 뿔**

질긴 나무 줄기도
잘 뜯어먹을 수 있는
앵무새 부리처럼
생긴 **주둥이**

작은 뿔 얼굴
미크로케라톱스
Microceratops

뿔 난 공룡 중에서 **가장 작은 공룡**이에요.
넓적다리뼈보다 두 배나 긴
정강이뼈 덕분에 빨리 달리기를 잘했어요.
성격은 온순했으며, 나뭇잎이나 열매 등을
먹고 살았어요.

초식		
살던곳	중국, 몽골	
시 대	백악기 말기	
몸길이	65~75센티미터	
몸무게	1.8킬로그램	

머리 뒤쪽에 있는 뼈로 된 방패 모양의 **목장식**

앵무새 부리 처럼 생긴 **입**

빨리 달리기에 알맞은 넓적다리 뼈보다 두 배나 긴 **정강이뼈**

초식—뿔 난 공룡

끝이 뾰족한 도마뱀
센트로사우루스
Centrosaurus

머리가 아주 큰 공룡이에요. 이 공룡의 무리가 강을 건너다가 물에 빠져 죽어 생긴 화석이 무더기로 발견되기도 했어요. 나뭇잎이나 열매를 먹으며, 여러 마리가 모여 살았어요.

초식		
	살던곳	미국, 캐나다
	시 대	백악기 말기
	몸길이	6미터
	몸무게	1톤

무거운 몸을 지탱하는 튼튼한 **다리**

뼈로 된 목장식의 둘레에 나 있는 작은 돌기들

몸집에 비해서 큰 머리

코 위에 나 있는 47센티 미터의 긴 뿔

초식—뿔 난 공룡

뿔처럼 단단한 지붕
스테고케라스
Stegoceras

불룩 솟은 머리뼈가 아주 두꺼워서 '박치기 공룡'이라고도 해요. 박치기를 할 때는 머리를 숙이고, 목에서 꼬리까지 일직선이 되도록 한 다음, 온몸의 무게를 실어서 전속력으로 달려와 머리를 쾅! 부딪혔어요. 성격은 온순했어요.

초식	살던곳	미국, 캐나다
	시 대	백악기 말기
	몸길이	2.5미터
	몸무게	80킬로그램

어릴 때는 납작했다가 어른이 되면서 두껍게 불룩 솟아오르는 둥근 머리뼈

몸의 균형을 잡아 주는 뻣뻣한 꼬리

빨리 움직일 수 있는 날씬한 몸

빨리 걸을 수 있는 길고 튼튼한 뒷다리

초식-뿔 난 공룡

긴 못이 있는 도마뱀
스티라코사우루스
Styracosaurus

목장식에 뾰족뾰족한 가시가 있는 공룡이에요. 몸집이 크고 네 발로 걸었어요. 다른 뿔 난 공룡처럼 목장식이 발달한 공룡이에요.

짧은 꼬리

초식	살던곳	미국, 캐나다
	시 대	백악기 말기
	몸길이	5.5미터
	몸무게	3톤

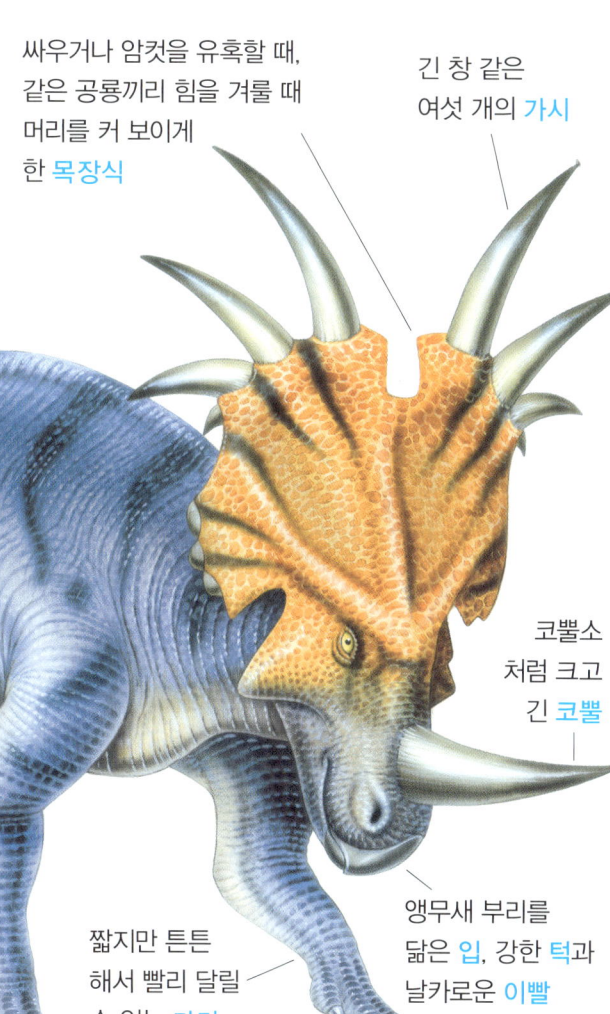

싸우거나 암컷을 유혹할 때, 같은 공룡끼리 힘을 겨룰 때 머리를 커 보이게 한 목장식

긴 창 같은 여섯 개의 가시

코뿔소 처럼 크고 긴 코뿔

짧지만 튼튼 해서 빨리 달릴 수 있는 다리

앵무새 부리를 닮은 입, 강한 턱과 날카로운 이빨

초식 – 뿔 난 공룡

갈라진 도마뱀
카스모사우루스
Chasmosaurus

코뿔소와 닮은 뿔 난 공룡으로, 머리가 큰 편이에요. 육식 공룡의 공격을 막기 위해서 여럿이 모여 살았어요. 머리 뒤에 난 목장식은 두껍지 않아서 방어 무기가 되지는 못했어요.

무거운 몸을 잘 지탱해 준 튼튼한 네 다리

초식
- 살던곳: 미국, 캐나다
- 시대: 백악기 말기
- 몸길이: 5미터
- 몸무게: 2.5톤

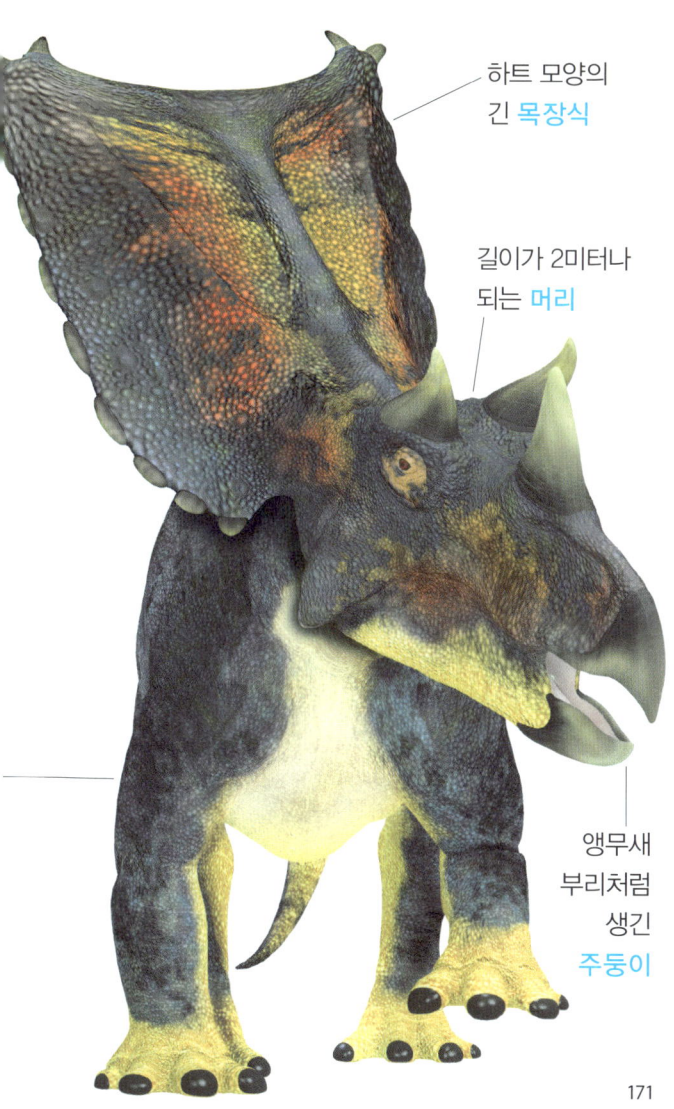

하트 모양의
긴 **목장식**

길이가 2미터나
되는 **머리**

앵무새
부리처럼
생긴
주둥이

초식 — 뿔 난 공룡

황소 도마뱀
토로사우루스
Torosaurus

땅 위에 사는 동물 중에서 머리가 가장 컸어요. 머리 뒤에 커다란 목장식이 있고, 눈 위에는 커다란 뿔이 있어서 육식 공룡과 싸울 때 무기로 사용했어요.

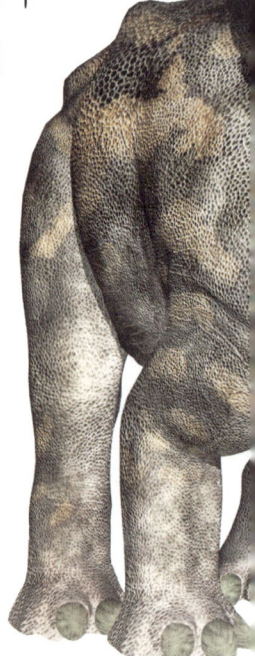

초식
- 살던곳: 미국, 캐나다
- 시대: 백악기 말기
- 몸길이: 7.5미터
- 몸무게: 8톤

길이가 무려 2.5미터에
달하는 목장식을 포함한
머리뼈

길이가 무려 1미터나
되는 눈 위에 있는
두 개의 긴 **뿔**

코 위에
있는
한 개의
작은 **뿔**

초식–뿔 난 공룡

뿔이 세 개 있는 얼굴
트리케라톱스
Triceratops

뿔 난 공룡 중에서 **가장 크고 무거운 공룡**이에요. 번식력이 무척 강해서 지구에서 공룡이 사라질 때까지 살았어요.

뭉툭한 발굽이 있는
튼튼한 다리

초식	살던곳	미국, 캐나다
	시 대	백악기 말기
	몸길이	9미터
	몸무게	10톤

돌기가 빙 둘러 나 있는
뼈로 된 무거운 목장식

길이가 1미터나 되는
눈 위에 나 있는 뿔

앵무새 부리처럼
뾰족하고 단단한
주둥이

초식—뿔 난 공룡

코가 뭉툭한 도마뱀
파키리노사우루스
Pachyrhinosaurus

다른 뿔 난 공룡들은 눈과 코 위에 뾰족한 뿔이 있는데, 파키리노사우루스는 얼굴에 뿔이 없었어요. 대신 코 위에 두껍고 뭉툭한 뼈 뭉치가 있었답니다.

짧은 꼬리

초식		
	살던곳	미국, 캐나다
	시 대	백악기 말기
	몸길이	5~6미터
	몸무게	4톤

초식-뿔 난 공룡

머리가 두꺼운 도마뱀
파키케팔로사우루스
Pachycephalosaurus

박치기 공룡 중에서 머리뼈가 가장 크고 발달한 공룡이에요. 둥글게 솟은 두꺼운 머리뼈는 유일한 방어 무기였어요. 암컷을 차지하려고

싸울 때나 우두머리를 뽑을 때 이 머리뼈로 박치기를 해서 힘을 겨루었어요.

머리뼈 뒷부분에 튀어나와 있는 뼈로 된 단과 그 아랫부분에 나 있는 돌기들

뒤로 구부러진 납작한 이빨

발가락이 다섯 개인 짧은 앞발

초식
- 살던곳: 캐나다
- 시대: 백악기 말기
- 몸길이: 5미터
- 몸무게: 450킬로그램

초식–뿔 난 공룡

뿔이 다섯 개 있는 얼굴
펜타케라톱스
Pentaceratops

얼굴에 뿔이 다섯 개 있는 것처럼 보이지만, **진짜 뿔은 세 개**예요. 눈 위에 두 개, 코 위에 한 개이지요. 두 뺨에 있는 것은 뿔이 아니라 뾰족하게 튀어나온 광대뼈예요. 머리가 아주 큰 뿔 난 공룡으로 성격이 온순했어요.

초식		
살던곳	미국
시대	백악기 말기
몸길이	6~8미터
몸무게	7~8톤

길이가 2.3미터나 되는 **머리**

날카로운 세 개의 긴 **뿔**

뿔처럼 툭 튀어나온 **광대뼈**

초식—뿔 난 공룡

최초로 뿔이 달린 얼굴
프로토케라톱스
Protoceratops

코 위에 있는 뾰족한 혹

머리 뒤에 뼈로 된 장식판이 있는 세모 모양의 머리뼈

앵무새 부리를 닮은 주둥이, 튼튼한 턱, 입안에 있는 강한 이빨

뿔 난 공룡의 조상뻘 되는 공룡이에요. 실제로는 뿔이 없는데, 뿔이 있는 공룡 중에서 가장 초기의 공룡이어서 뿔 난 공룡에 속해요. 새끼에서 어른까지 다양한 화석이 발견되었어요.

초식		
	살던곳	몽골, 중국
	시 대	백악기 말기
	몸길이	2.4미터
	몸무게	160~200킬로그램

길고 굵은 꼬리

초식 공룡의 방어 무기는 무엇일까요?

식물을 좋아하는 초식 공룡들은 먹이를 찾기는 쉬웠어요. 하지만 사나운 육식 공룡들의 공격 속에서 살아남으려면 효과적인 방어 무기가 필요했어요.

거대한 몸이 바로 무기예요
초식 공룡들은 특별한 방어 무기가 없었어요. 엄청나게 큰 몸집이 유일한 방어 무기였지요

딱딱한 뼈로 온몸을 무장했어요
온몸을 뼈 판으로 감싼 공룡들은 적이 나타나면 연약한 배를 땅바닥에 대고 엎드렸어요. 그러면 뼈로 된 판이 온몸을 감싸고 있어서 육식 공룡들도 어쩌지 못했어요.

뾰족한 엄지발톱과 긴 꼬리를 휘둘렀어요
디플로도쿠스는 뒷발로만 일어선 채 앞발에 있는

뾰족한 엄지발톱을 휘둘러서 적과 싸웠어요. 또 긴 꼬리를 채찍처럼 휘둘러 적을 쫓기도 했답니다.

꼬리 끝에 달린 꼬리 곤봉을 휘둘렀어요
유오플로케팔루스의 꼬리 곤봉에 한 방 맞으면 육식 공룡의 다리뼈쯤은 단번에 부러졌어요.

빨리 도망칠 수 있었어요
힙실로포돈처럼 작은 공룡들은 특별한 무기가 없는 대신 아주 빨리 달려 도망을 쳤어요.

여럿이 함께 모여 살았어요
리오자사우루스, 마이아사우라, 불카노돈 같은 초식 공룡은 여럿이 모여 살면서 육식 공룡의 공격을 집단으로 막아냈어요.

초식 — 뼈판 솟은 공룡

다리 도마뱀
스켈리도사우루스
Scelidosaurus

몸집에 비해 아주 작은 머리

자신의 몸을 보호했던 뼈로 된 뾰족한 돌기

거친 톱니 날이 있어 식물을 잘 자를 수 있었던 위턱 앞쪽의 작은 이빨

뒷다리보다 짧은 앞다리

온몸이 작고 동그란 비늘로 덮여 있었고, 등과 꼬리에는 뼈로 된 뾰족한 돌기가 나 있었어요. 이 돌기로 적의 공격으로부터 자신을 지켰어요.

초식		
	살던곳	미국, 영국
	시 대	쥐라기 초기
	몸길이	3~4미터
	몸무게	250킬로그램

높은 곳의 나뭇잎을 따 먹을 때는 일어설 수도 있는 뒷다리

몸의 절반을 차지할 정도로 긴 꼬리

초식—뼈 판 솟은 공룡

지붕 도마뱀
스테고사우루스
Stegosaurus

10~11쌍의 뼈 판

뼈 판 솟은 공룡 중 가장 큰 몸집

뇌의 크기가 작아 머리가 가장 나빴던 공룡

등을 따라 **뼈 판이 엇갈려 두 줄**로 솟아 있었는데, 얇아서 무기로 쓰지는 못했어요. 대신 몸의 온도를 조절하거나, 적에게 겁을 주거나, 같은 공룡끼리 알아보는 데 도움이 되었어요.

초식		
살던 곳	미국, 포르투갈
시 대	쥐라기 말기
몸길이	5~9미터
몸무게	3~6톤

짧고 뭉툭한 발톱이 세 개 있는 넓적한 **뒷발**

꼬리 끝에 있는 네 개의 **가시**

초식 – 뼈 판 솟은 공룡

끝이 뾰족한 도마뱀
켄트로사우루스
Kentrosaurus

목에서 등까지는 일곱 쌍의 납작한 뼈 판이 솟아 있었어요. 등 중간부터 꼬리까지는 창처럼 뾰족한 커다란 가시가 돋아 있었어요.

양옆으로 휘두를 수 있는 꼬리 끝의 기다란 가시

앞다리보다 두 배는 긴 뒷다리

초식		
살던곳	탄자니아
시 대	쥐라기 말기
몸길이	4미터
몸무게	400킬로그램

목에서 등까지 솟아 있는 일곱 쌍의 뼈 판

냄새를 잘 맡는 코와 작은 주둥이

초식-뼈 판 솟은 공룡

투오지앙고사우루스
투오강의 도마뱀
Tuojiangosaurus

목 부분은 작고 끝이 둥그스름하지만 엉덩이 쪽으로 갈수록 더 크고 뾰족해지는 뼈 판

땅으로 숙이고 다녀서 낮은 곳에서 자라는 식물을 먹기 좋았던 작은 머리

숟가락 모양의 작은 이빨

목에서 꼬리까지 납작하고 폭이 좁은 세모 모양의 뼈 판이 줄지어 나 있었어요. 몸집에 비해 머리가 아주 작았고 작은 이빨은 숟가락 모양이었어요.

초식
- 살던곳: 중국
- 시 대: 쥐라기 말기
- 몸길이: 7미터
- 몸무게: 4톤

빨리 걸을 수는 없지만 튼튼한 다리

무기로 쓸 수 있는 꼬리 끝의 뾰족한 가시

초식 — 뼈 판 솟은 공룡

휴양고사우루스
휴양의 도마뱀
Huayangosaurus

다른 뼈 판 솟은 공룡과 달리 앞다리와 뒷다리의 길이가 비슷해요. 머리에서 꼬리까지 크기가 다른 뼈 판이 나 있었어요. 다른 뼈 판 솟은 공룡들은 주둥이 끝에 이빨이 없었는데, 휴양고사우루스는 약하지만 이빨이 있었어요.

초식
- 살던곳: 중국
- 시 대: 쥐라기 중기
- 몸길이: 4미터
- 몸무게: 1.4톤

초식 – 뼈로 감싼 공룡

연결된 도마뱀
안킬로사우루스
Ankylosaurus

갑옷처럼 온몸을 덮고 있는 뼈로 된 판과 가시

길이가 76센티미터나 되는 넓고 튼튼한 머리

작지만 먹이를 씹을 수 있는 이빨

뾰족한 돌기가 있는 뼈 판이 온몸을 거의 뒤덮고 있었어요. 하지만 배에는 뼈 판이 없어서 적의 공격을 받으면 바닥에 납작 엎드려 배를 보호했어요. 워낙 덩치가 커서 적의 공격을 받아도 빨리 도망치지 못했어요.

— 온몸을 거의 덮고 있는 돌기가 있는 뼈 판

살던곳	미국
시 대	백악기 초기
몸길이	6미터
몸무게	2톤

초식

초식 — 뼈로 감싼 공룡

사우로펠타
방패 도마뱀

Sauropelta

주둥이 끝에 있는 부리

어깨를 보호하는 가장 긴 가시

짧은 목

꼬리 끝에 있는 네 개의 뾰족한 가시

엉덩이에서 꼬리 중간까지 나 있는 작은 뼈 판

어깨부터 엉덩이까지 나 있는 커다랗고 뾰족한 뼈 판

머리에서 목까지 나 있는 하트 모양의 뼈 판

주둥이 끝에 있는 약한 이빨

뼈로 감싼 공룡 중에서 가장 큰 공룡이에요. 뼈로 된 판과 뾰족하게 솟은 가시가 몸을 보호해 주었어요. 천천히 걸어다니며 키 작은 식물을 먹었어요. 지구상에 공룡이 모두 사라질 때까지 살아남았던 공룡이에요.

초식		
	살던곳	미국, 캐나다
	시 대	백악기 말기
	몸길이	10미터
	몸무게	6톤

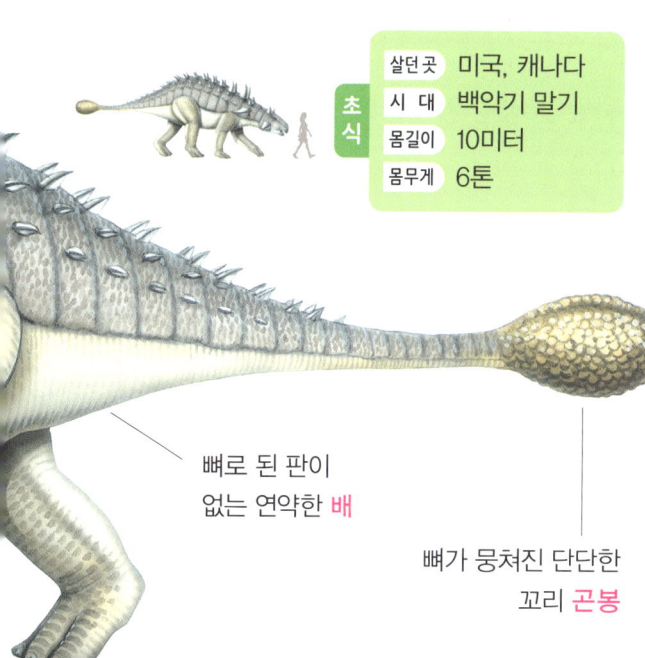

뼈로 된 판이 없는 연약한 배

뼈가 뭉쳐진 단단한 꼬리 곤봉

초식 — 뼈로 감싼 공룡

에드먼턴의 것
에드몬토니아
Edmontonia

에드먼턴은 이 공룡이 발견된 캐나다 앨버타의 주도 이름이에요. 뼈 판과 가시로 온몸이 뒤덮인 공룡이에요. 이빨이 없는 부리로 식물을 뜯은 다음 어금니로 씹어 먹었어요.

뼈 판이 없는
연약한 배

작은 뼈판이 덮고 있고
뾰족한 가시가 많은
곤봉이 없는 꼬리

초식	살던곳	미국, 캐나다
	시 대	백악기 말기
	몸길이	7미터
	몸무게	4톤

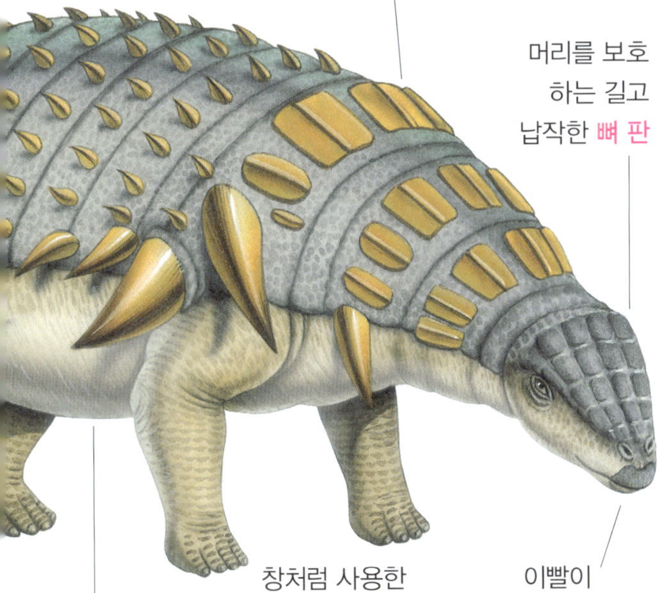

목을 보호하는 크고 납작한 뼈 판

머리를 보호하는 길고 납작한 뼈 판

창처럼 사용한 옆구리의 가시

이빨이 없는 부리

초식 — 뼈로 감싼 공룡

잘 무장된 머리
유오플로케팔루스
Euoplocephalus

머리뼈 뒤쪽을
보호하는 뿔 같은
가시

이빨이 없는
주둥이

딱딱한 뼈 판이 온몸을 감싸고 있고, 그 위에 뾰족한 가시가 나 있었어요. 또한, 꼬리 곤봉까지 있어서 육식 공룡에게 만만한 먹잇감이 아니었어요.

몸을 보호하는
뾰족한 가시

뼈 네 개가 뭉쳐진
단단한 꼬리 곤봉

초식

살던곳	캐나다
시 대	백악기 말기
몸길이	6~7미터
몸무게	2톤

초식 — 뼈로 감싼 공룡

널빤지 도마뱀
피나코사우루스
Pinacosaurus

뾰족한 돌기가 솟아 있는
뼈로 된 판으로 덮여 있는 등

뼈 판이 완전히
덮이지 않은
작은 머리

짧은 다리

온몸이 뼈로 된 판으로 덮여 있었어요. 하지만 머리는 뼈 판으로 완전히 덮이지 않았어요. 꼬리 끝에는 뼈로 된 곤봉이 있었는데, 싸울 때 이것을 휘둘러 방어를 했어요. 이가 약해 부드러운 과일을 먹었어요.

초식		
살던곳	몽골, 중국	
시 대	백악기 말기	
몸길이	4~5미터	
몸무게	1.4톤	

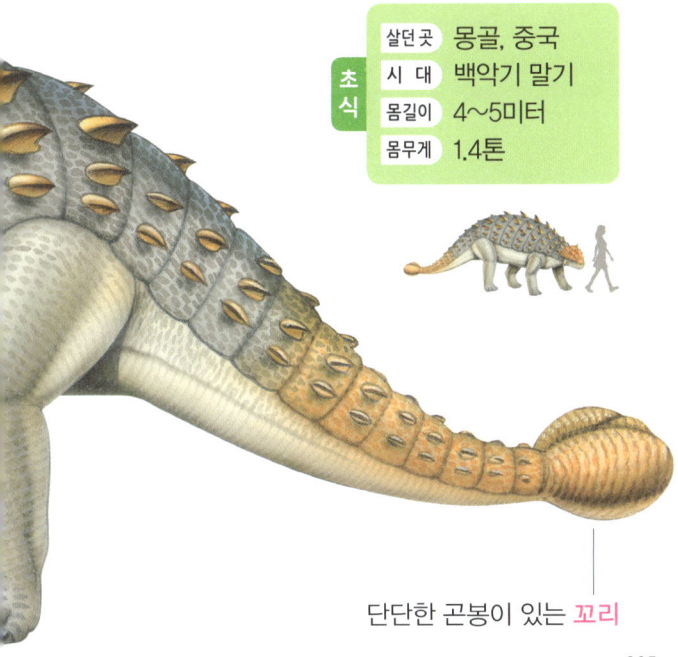

단단한 곤봉이 있는 꼬리

공룡은 왜 사라졌을까요?

1억 6000만 년 동안이나 땅 위를 지배했던 공룡이 갑자기 사라진 까닭은 무엇일까요? 과학자들이 주장하는 몇 가지의 이야기를 들어 볼까요?

쾅! 거대한 운석이 지구에 떨어졌어요!

어떤 학자들은 지름이 10킬로미터나 되는 아주 큰 운석이 지구에 떨어지는 바람에 공룡이 사라졌다고 해요.

운석이 지구에 부딪칠 때 어마어마하게 많은 먼지가 일었는데, 그 먼지들이 하늘로 올라가 햇빛을 막아 지구가 겨울처럼 추워졌다고 해요.

그러자 햇빛을 못 받은 식물들이 죽어 버리고, 식물을 먹고 사는 초식 공룡들이 굶어 죽고, 마지막으로 초식 공룡을 먹고 살던 육식 공룡이 굶어 죽으면서 공룡은 사라지게 되었다는 것이지요.

앗, 뜨거워! 화산이 폭발했어요!

어떤 학자들은 화산이 폭발하는 바람에 공룡이 모두 사라졌다고 주장해요.

백악기 말기에 지금의 인도에서 엄청난 화산 폭발이 일어났어요. 이때 생긴 화산재와 먼지, 가스가 공룡들을 질식시켰다고 해요.

또 이 먼지들이 하늘을 뒤덮어 지구는 더 이상 햇빛을 받을 수 없게 되었지요. 그리하여 식물이 죽고, 식물을 먹이로 하는 초식 공룡이 굶어 죽고, 이어서 육식 공룡들이 차례로 죽게 되었다고 해요.

아, 환경이 너무 달라졌어요!

지구는 백악기 말기가 되면서 일 년 내내 무덥던 기후가 여름과 겨울의 기온 차이가 심한 기후로 바뀌었어요. 또한 바닷물의 높이도 낮아졌어요.

어떤 학자들은 공룡들이 이렇게 극심한 지구의 환경 변화에 적응을 못해 사라졌다고 해요.